SECRETS DE FAMILLE

Catalogage avant publication de Bibliothèque et Archives nationales du Québec et Bibliothèque et Archives Canada

Chabin, Laurent, 1957-

Secrets de famille

3e éd.

(Collection Atout ; 77)
Éd. originale: c2003.
Pour les jeunes de 12 ans et plus.

ISBN 978-2-89723-164-4

I. Titre. II. Collection: Atout ; 77.

PS8555.H17S423 2013 jC843'.54 C2012-942853-1
PS9555.H17S423 2013

Les Éditions Hurtubise bénéficient du soutien financier des institutions suivantes pour leurs activités d'édition:

- Conseil des Arts du Canada;
- Gouvernement du Canada par l'entremise du Fonds du livre du Canada (FLC);
- Société de développement des entreprises culturelles du Québec (SODEC);
- Gouvernement du Québec par l'entremise du programme de crédit d'impôt pour l'édition de livres.

Conception graphique: Fig communication
Illustration de la couverture: Julie Larocque
Mise en page: Martel en-tête

ISBN 978-2-89723-164-4 (version imprimée)
ISBN 978-2-89647-744-9 (version numérique PDF)
ISBN 978-2-89723-190-3 (version numérique ePub)

Dépôt légal: 2e trimestre 2013
Bibliothèque et Archives nationales du Québec
Bibliothèque et Archives Canada

Diffusion-distribution au Canada :
Distribution HMH
1815, avenue De Lorimier
Montréal (Québec) H2K 3W6
www.distributionhmh.com

Diffusion-distribution en Europe :
Librairie du Québec/DNM
30, rue Gay-Lussac
75005 Paris FRANCE
www.librairieduquebec.fr

Imprimé au Canada
www.editionshurtubise.com

LAURENT CHABIN

SECRETS DE FAMILLE

LAURENT CHABIN

Après la France, l'Espagne et l'Ouest canadien, Laurent Chabin a choisi de venir vivre au Québec. Il réside actuellement à Montréal. Auteur de plus de quatre-vingts romans, tant pour les jeunes que pour les adultes, il est aussi traducteur. Lorsqu'il n'écrit pas, il donne dans les écoles primaires et secondaires des ateliers littéraires sur le roman policier, ses secrets et ses techniques.

1

L'ODEUR DU PASSÉ

Zach avait raison. Ça sent la mort, ici... Ça ne fait pas deux jours que je suis arrivée dans cette maison et déjà je n'en peux plus de cette atmosphère confinée, de cette odeur de caveau... Un vrai caveau de famille !

Demeure ancienne aux couloirs sombres, pleine de présences obsédantes et chimériques, de bruits inexpliqués, de gémissements qui semblent sortir des murs... Je les ai entendus, je le jure ! Ce n'était pas une hallucination ! Une vraie maison hantée ! Zach apprécierait...

C'est là que vivent ma grand-mère, une pauvre vieille à demi folle et paralytique, ainsi que mon oncle, qui ressemble plus à un fantôme qu'à un vivant, et cette nurse aux joues roses qui ne rit jamais et qui a l'air autant à sa place dans ce cirque macabre qu'un lapin blanc dans une cave à charbon...

Je voudrais partir d'ici, quitter ce lieu étouffant et malsain. Je ne peux plus respirer, c'est un véritable cauchemar, de ceux dont on n'arrive pas à sortir tout à fait même quand on se réveille…

Dire que j'y suis pour une dizaine de jours encore ! Misère ! Pourquoi ai-je accepté de venir dans un endroit pareil ? Il est vrai que je ne pouvais pas savoir…

Tout a commencé il y a quelques semaines.

Je venais de me qualifier en Alberta pour un concours d'orthographe française, et je devais aller à Montréal pour la finale nationale. Montréal ! Zach a souvent évoqué cette ville devant moi, bien qu'il n'y soit jamais allé.

Montréal, pour lui, c'est l'Est et tout ce que cela représente comme mystère. C'est le lieu de son rêve et sa façon d'en parler, même si elle ne reflète sans doute pas vraiment la réalité, m'a emballée à plusieurs reprises.

J'étais donc heureuse de me rendre là-bas, d'autant plus que mon voyage correspondait aux vacances scolaires de Pâques et que cela me permettrait d'y passer une quinzaine de jours. J'avais tout lieu d'être contente.

Et puis, contre leur habitude, mes parents se sont mis à tenir d'étranges conciliabules dont j'étais soigneusement tenue à l'écart. Ces messes basses tournaient fréquemment à l'aigre, et cela non plus ne leur ressemblait pas tellement.

Je les entendais se disputer, soupirer. Mon père insistait, argumentait, s'emportait, et ma mère semblait se défendre mollement, comme si elle avait été fautive. Mais de quoi ? Ma mère est la personnification même de la femme parfaite...

Je ne sais pas pourquoi, mais j'avais l'impression que tout cela avait quelque chose à voir avec mon voyage.

Ce n'est pas mon genre d'écouter aux portes — et c'est sans doute pourquoi mes parents n'ont pas pris davantage de précautions —, mais, un soir, cela a été plus fort que moi.

Alors qu'une de ces mystérieuses discussions avait repris dans leur chambre, je me suis approchée sans bruit.

J'ai éprouvé un certain malaise lorsque j'ai compris qu'il était effectivement question de moi et de mon voyage mais, surtout, de ma famille : de cette partie de ma famille que je ne connais pas et dont on ne m'a pratiquement jamais parlé de manière nette.

Il faut que j'explique.

J'ignore presque tout de la famille de ma mère, qui est originaire du Québec. Tout ce dont je suis sûre, c'est que maman n'entretient plus aucune relation avec sa propre mère depuis des années — depuis l'époque de ma naissance, je crois.

Longtemps, j'ai voulu savoir. Mais, chaque fois que je posais une question, on me laissait simplement entendre que ces affaires n'étaient pas de mon âge, ou que ma grand-mère était malade et que sa santé ne lui permettait pas de voir sa fille. Des balivernes de ce genre. Au pire, on soupirait en haussant les épaules, sans me répondre. Bizarre…

Face à ce mur de silence, j'avais finalement renoncé à en apprendre davantage. Après tout, j'ai une bonne petite vie à Calgary, sans problèmes majeurs : pourquoi serais-je allée fouiller dans un passé qui me semblait surtout fait de tristesse et d'amertume ?

Ce passé, cependant, il allait bel et bien me tomber dessus, et d'une sale façon.

Le samedi suivant, ma mère m'a appelée. Elle se trouvait dans le salon, assise sur le canapé. Mon père se tenait debout derrière elle. Tous les deux avaient l'air nerveux. J'ai eu l'impression de me retrouver subitement dans une scène de téléroman…

— Bérénice, a fait mon père d'un ton solennel qui, dans d'autres circonstances, m'aurait plutôt fait rire. Bérénice, tu n'es plus une enfant.

Quelle révélation! Sans desserrer les lèvres, je l'ai regardé d'un air interrogateur.

— Bérénice, a repris mon père, tu n'es plus une enfant, mais tu es un peu jeune pour séjourner seule dans une ville comme Montréal. Aussi, après de nombreuses discussions, ta mère et moi avons décidé que tu pourrais profiter de l'occasion pour connaître sa famille.

À ce moment, ma mère m'a décoché un sourire contraint et douloureux qui m'a mise mal à l'aise. Elle a dû s'en rendre compte, car elle a aussitôt ajouté:

— Je sais bien que je ne t'ai jamais beaucoup parlé de ta grand-mère, Bérénice. J'ai eu tort, sans doute, et je voudrais réparer cette erreur. Je me suis fâchée avec elle à l'époque où j'ai épousé ton père et j'ai toujours assumé ma décision de quitter définitivement la maison. Cependant, il me semble injuste que ce soit toi qui en supportes les conséquences aujourd'hui et que tu sois privée d'une partie de ta famille.

Aïe! Je les voyais venir. Mon séjour à Montréal, c'est chez cette fameuse grand-mère que j'allais le faire!

En effet, mon père a repris:

— Alors voilà. Nous avons décidé que le moment était venu de faire table rase du passé et de retrouver des liens qui n'auraient jamais dû se perdre. Tout est arrangé. Tu passeras quelques jours chez elle. Elle sera ravie…

Ravie ? Je ne savais trop qu'en penser. Qu'allais-je bien pouvoir dire à cette vieille dame inconnue qui, de surcroît, n'avait jamais cherché à me connaître ? Bon, je supposais que je n'avais pas le choix… Je devais me faire une raison. Et puis, Montréal, tout de même…

Au cours des jours suivants, cependant, l'affaire m'a paru de moins en moins attrayante. Puisque j'allais la rencontrer, on a fini par me présenter brièvement cette lointaine famille.

J'ai ainsi appris que ma grand-mère, qui ne se lève plus de son fauteuil roulant depuis des mois, ne vit pas seule. Pierre, son fils aîné — le frère de maman —, est un vieux célibataire. Il ne l'a jamais quittée et habite toujours avec elle. Une infirmière (ou une sorte de dame de compagnie, je n'ai pas bien compris) l'aide à s'occuper d'elle.

Ma mère m'a précisé que son frère était un peu bizarre mais inoffensif, qu'il avait des manies de vieux garçon et que je ne devais pas me formaliser de son tempérament fantasque.

Autre chose à propos de ma grand-mère. Un détail troublant: elle s'appelle... Bernice! Un *e* et deux accents en moins! C'est donc d'après le sien qu'on a forgé mon propre prénom? Je ne crois guère à ce genre de choses — l'influence des noms sur ceux qui les portent —, mais cette coïncidence me fait froid dans le dos...

Quant à mon grand-père, dont tout ce que je sais est qu'il se prénomme Marcelin, le sujet est tabou. Il a disparu quelques mois après ma naissance et personne, semble-t-il, ne sait ce qu'il est devenu.

— Il me ressemblait, a dit encore ma mère, avec un soupir plein de regrets et d'amertume.

Elle n'a rien ajouté. On m'a conseillé de ne jamais en parler à ma grand-mère...

Décidément, ce voyage s'annonçait des plus gais! J'aurais aimé en discuter avec quelqu'un, mais on aurait dit que mes parents avaient épuisé le sujet et qu'ils ne souhaitaient pas s'y étendre davantage.

C'est alors que Zach est venu me voir. Il tombait vraiment bien. Avec lui, je savais que je pouvais me laisser aller aux confidences:

il ne répète jamais rien. Il ne dit pratiquement jamais rien, d'ailleurs…

Mon père ne l'aime pas et s'en méfie, mais ma mère l'adore. À cause de son côté artiste, sans doute. Son air fragile… À peine avait-il sonné à la porte que maman venait me chercher dans ma chambre en roucoulant comme une jeune fille:

— Bérénice, c'est ton ami Zach. Je l'ai fait entrer dans le salon. Ne le fais pas trop attendre. Il est tellement gentil!

Zach n'est pas gentil, il est timide. C'est une forme de gentillesse, peut-être, mais parfois difficile à supporter. Ainsi, par exemple, la présence de ma mère le paralyse…

Aussitôt descendue de ma chambre, je l'ai entraîné à l'extérieur, sans même prendre le temps de lui dire bonjour. Très vite, je lui ai raconté ce qui m'arrivait.

— Montréal? a-t-il soupiré. Tu as de la chance. Une vraie ville, avec un vrai fleuve…

— Et une famille que je n'ai guère envie de rencontrer, ai-je ajouté. Enfin, je suppose que ça me permettra de retrouver une partie de mes racines.

À ces mots, Zach a réagi curieusement.

— Tes racines! s'est-il exclamé en me dévisageant. Quelle drôle d'idée! Ça n'a rien de bon, les racines. C'est souterrain, obscur. Ça pue, le passé ! Les racines, c'est des embrouilles, des pièges. Ça ne peut apporter que des ennuis.

— Zach, c'est ma famille, tout de même !

Zach s'est renfrogné, puis il a déclaré :

— La famille, c'est une prison. Et une famille qui se cache, c'est encore pire. C'est comme un cachot oublié, un labyrinthe humide. Ça sent la mort… Tu es folle, Bérénice. Pourquoi ne vas-tu pas à l'hôtel ?

Folle, moi ! C'était le comble ! Je n'ai pas répondu. Zach, une fois de plus, se laissait aller à ses fantasmes et exagérait tout. Je lui ai répliqué que les choses étaient arrangées comme ça, que je n'y pouvais rien et que si l'un de nous deux était fou, ce n'était pas moi…

Qu'ajouter encore ? Que ma grand-mère porte presque le même nom que moi et me faire annoncer que c'est mauvais signe ? Si c'était pour me démoraliser davantage, il valait mieux qu'il se taise.

— Je t'écrirai si je peux, lui ai-je dit pour en finir avec le sujet.

J'ai tourné les talons et suis rentrée chez moi. Je suis restée de mauvaise humeur pendant plusieurs jours. Je crois même que je l'ai détesté ! Et le jour du départ est arrivé sans que je l'aie revu.

Aujourd'hui, pourtant, je me rends compte à quel point il avait raison. Ça sent *vraiment* la mort, ici...

2

UNE ÉTRANGE MAISON

Pendant les quatre heures de vol entre Calgary et Montréal, j'ai eu tout le loisir d'imaginer mes promenades dans l'immense ville. Je me voyais déjà courant les magasins, les salles de concert…

Mais, lorsque je suis enfin arrivée à l'aéroport de Dorval, j'ai éprouvé un choc.

Ma mère avait donné à mon oncle, qui devait venir me chercher, mon signalement précis, depuis la couleur de mes cheveux jusqu'à celle de mes chaussures.

Au carrousel des bagages, cependant, j'ai eu beau scruter attentivement tout grand maigre aux cheveux grisonnants — ainsi m'avait-on décrit mon oncle Pierre —, personne ne semblait s'intéresser à moi.

Un peu inquiète, j'ai récupéré seule ma valise et je suis allée attendre au point de rencontre. L'envie de téléphoner à mes parents me démangeait, mais il était convenu que je n'appellerais qu'une fois rendue chez ma grand-mère et je n'osais pas avancer ce délai, de peur de passer pour une petite fille apeurée…

Finalement, un homme s'est approché de moi, alors que je commençais à perdre contenance. Un grand gars maigre à l'âge incertain, aux épaules rentrées et aux cheveux filasse.

Je l'avais déjà remarqué. Il était adossé nonchalamment contre un pilier — et il m'avait certainement vue lui aussi —, mais il n'avait pas fait un geste et je l'avais ensuite perdu de vue.

Et maintenant, voilà qu'il se trouvait gauchement planté devant moi, comme s'il sortait de nulle part, avec un regard fuyant qui ne me mettait pas à l'aise.

— Bérénice ? a-t-il articulé d'une voix rauque tout en évitant mes yeux.

— Êtes-vous mon oncle Pierre ? ai-je répliqué en essayant en vain de reconnaître dans son visage inexpressif quelques traits communs avec celui de ma mère.

Sans répondre, il a ramassé ma valise en annonçant simplement :

— Allons-y. Je n'aime pas être en retard pour le souper.

Puis il s'est dirigé à grands pas vers le parc de stationnement. Un peu refroidie par cet accueil sommaire, je l'ai suivi comme un petit chien.

Dans la voiture, une Pontiac d'une autre époque, longue comme un bateau, mon oncle ne s'est pas montré plus loquace. Quel plaisir de se retrouver enfermée dans cet espace confiné avec un zombi!

J'espérais que ma grand-mère serait plus vive.

«C'est une femme autoritaire mais très diminuée, avait précisé mon père. Une femme marquée par le malheur, mais qui a toujours repris le dessus. Disons qu'elle a du caractère...»

À quel malheur faisait-il allusion? La disparition de mon grand-père? La rupture d'avec sa fille? Je m'étais bien gardée de poser la question...

Tandis que la voiture filait vers Montréal, j'essayais de me distraire en contemplant le paysage. Hélas! la ville ne me paraissait pas à la hauteur de sa réputation. Autoroutes congestionnées, cheminées d'usines plantées dans un lointain brumeux, entrepôts et immeubles d'habitation respirant la misère, rien qui puisse égayer l'œil du touriste...

Puis, alors qu'il me semblait que nous approchions du centre, mon oncle s'est engagé sur un pont et a gagné l'autre rive de l'immense fleuve Saint-Laurent. Toujours en silence, il avait tourné le dos à la ville et il conduisait à présent en direction du sud. Où allions-nous ?

Mon chauffeur, pour sa part, restait imperturbable. Qu'est-ce que tout cela signifiait ? J'en venais à me poser cette question à la fois absurde et terrifiante : cet homme, qui m'avait pratiquement enlevée de l'aéroport sans prononcer une parole, était-il vraiment mon oncle ?

Nous roulions maintenant dans la campagne, une campagne verte et humide qui me changeait du désert jaunâtre qui entoure Calgary. Je n'étais cependant pas en état d'apprécier. J'avais la gorge serrée et mon malaise augmentait de plus en plus.

Finalement, n'y tenant plus, j'ai osé demander, d'une voix tremblante :

— Où allons-nous ?

Mon oncle s'est enfin retourné vers moi et m'a dévisagée d'un air sincèrement étonné.

— Mais, à la maison, voyons, a-t-il laissé tomber platement.

Voyant mon expression ahurie, il a enfin daigné m'expliquer.

Ma grand-mère ne vit pas à Montréal, mais à Saint-Jean-sur-Richelieu ! Ce n'est pas tout à fait la même chose ! Je m'étais bercée d'illusions.

— Tu verras, avait dit ma mère d'un ton un peu triste. Une très belle maison, ancienne, enfouie au milieu des arbres. Tu te plairas là-bas.

Au milieu des arbres ? J'avais pensé qu'à Montréal, de même qu'à Calgary dans les quartiers les plus anciens, on pouvait trouver de grands arbres près des maisons ! Mais ce que ma mère avait voulu dire, c'est que Bernice vivait à la campagne.

Un trou ! J'allais échouer dans un trou ! Ma déception était grande. Je ne voulais cependant pas trop la laisser paraître.

Après tout, j'étais invitée, je devais me conduire en jeune fille bien élevée…

Un moment plus tard, nous nous sommes enfin arrêtés devant une maison passablement délabrée occupant le bout d'une rue dans un quartier calme, non loin de la rivière. L'après-midi tirait à sa fin, mais pas un enfant ne jouait dans la rue, pas un voisin ne se montrait dans son jardin.

La maison paraissait très grande. De plain-pied, elle présentait quatre fenêtres en façade et se perdait vers l'arrière parmi des arbres dont le plus jeune devait avoir au moins quatre fois mon âge. L'ensemble respirait autant l'ancienneté que la tristesse.

J'ai pensé un instant à Zach, dont je connais le goût pour les vieilles bâtisses. Et je me suis dit que, s'il les aimait autant, c'est parce qu'il n'avait jamais eu à y entrer, et encore moins à y passer deux semaines !

Une petite voiture rouge était garée dans l'allée, seule tache de couleur vive dans ce lieu dominé par le vert sombre des arbres et le gris des murs.

Mon oncle, de nouveau, a empoigné ma valise sans dire un mot et s'est dirigé vers la maison. Il en a ouvert la porte massive, me l'a tenue dans une attitude de majordome de théâtre, puis l'a refermée derrière moi.

Le claquement sourd du lourd battant m'a fait sursauter. L'intérieur de la maison était plongé dans une demi-obscurité et un silence sépulcral.

Le temps que mes yeux s'habituent à la pénombre et mon oncle avait déjà disparu ! J'ai fait quelques pas dans la vaste entrée recouverte d'un tapis cramoisi, puis je me suis arrêtée, indécise.

Devant moi, un couloir traversait la maison jusqu'à un mur. À droite et à gauche s'ouvraient deux portes de chaque côté. À son extrémité, le couloir se divisait en deux branches perpendiculaires qui devaient desservir d'autres portes.

Que faire? Essayer une de ces portes? Appeler mon oncle? J'avais l'impression que pas un son ne pourrait franchir ma gorge tant celle-ci était sèche.

J'en étais là de mes hésitations quand un cri perçant m'a soudain glacée de terreur. Un cri qui exprimait à la fois la rage et une sorte d'ironie mordante, un mélange de haine et de mépris. Le hurlement d'une hyène…

Une série de violentes invectives a suivi. Ai-je rêvé? Il m'a semblé entendre le mot « tuer » à plusieurs reprises. Mon cœur battait à se rompre.

Une porte a claqué et des pas ont résonné dans un des couloirs invisibles. À cause de l'écho, j'étais incapable de distinguer lequel des deux.

Une femme a surgi de celui de droite. Elle s'est immobilisée en m'apercevant, puis s'est avancée d'un pas rapide en me regardant droit dans les yeux.

— Bérénice, sans doute? a-t-elle déclaré en me tendant la main. Bienvenue. Pierre vous a montré votre chambre, je suppose.

J'ai dû répondre que mon oncle ne m'avait rien montré du tout et qu'il avait même disparu avec ma valise.

— Il est parfois distrait, a commenté la jeune femme. Je vais donc vous la montrer moi-même. Je m'appelle Ghislaine et je m'occupe de votre grand-mère.

Une question me brûlait les lèvres.

— Est-ce elle qui vient de crier ?

— Elle est très fatiguée et doit se reposer. Je pense qu'elle vous verra demain. Avez-vous soupé en route ?

Sans attendre ma réponse, elle m'a fait signe de la suivre dans le couloir. Parvenues au bout, nous avons tourné à gauche et avancé jusqu'à la dernière porte à droite.

Cette porte était ouverte. Dans la pièce, une sorte de bibliothèque sommairement aménagée en chambre au moyen d'un futon, Pierre se tenait immobile, ma valise posée à ses pieds.

— Je pensais que tu m'avais suivi, Bérénice, s'est-il contenté de dire. Tu dormiras ici.

Ghislaine a tourné les talons sans rien ajouter, entraînant mon oncle dans son sillage. Elle m'a simplement signalé que le souper serait servi dans dix minutes.

Le reste de la soirée s'est déroulé dans cette ambiance feutrée et silencieuse. Après un souper léger auquel ma grand-mère n'a pas assisté, on a enfin daigné m'indiquer où se trouvait le téléphone et j'ai pu appeler mes parents. Je leur ai raconté que mon voyage s'était bien passé et que tout allait bien.

Que pouvais-je dire d'autre ? Je ne savais pas encore ce que me réservait cette nuit-là…

3

PREMIÈRE NUIT

Cette nuit, je ne suis pas près de l'oublier…

Tout en parlant au téléphone avec ma mère, j'ai adopté un ton désinvolte, ne disant rien de ma déception de m'être retrouvée à Saint-Jean-sur-Richelieu plutôt qu'en ville. Rien non plus de la froideur de l'accueil que m'avait réservé son frère.

Après tout, qu'est-ce que je m'imaginais ? Que cet homme qui ne m'avait jamais vue auparavant, et qui n'avait même pas eu de contact avec sa propre sœur depuis des années, allait me faire du charme et m'emmener danser ?

Quant à ma grand-mère, elle était malade, je le savais. Incapable de se déplacer seule. N'ayant plus aucune autonomie, elle non plus n'allait pas me sauter au cou.

Je n'avais donc pas à faire de commentaires déplacés sur ma famille. Quant à Ghislaine, c'était une étrangère qui n'avait aucune raison de me prendre dans ses bras et de se laisser aller aux effusions.

Mon arrivée dans cette maison avait dû bouleverser des habitudes établies depuis des années et c'était à moi de faire un effort d'adaptation. Avec un peu de patience de ma part, m'étais-je dit, tout irait mieux dès le lendemain.

Le souper terminé, mon oncle Pierre a disparu comme un spectre et Ghislaine, après m'avoir apporté une serviette de toilette et montré la salle de bains, m'a souhaité une bonne nuit. Puis elle s'est retirée dans sa chambre, qui est contiguë à la mienne.

Il n'était que neuf heures du soir — c'est-à-dire sept heures pour moi, à cause du décalage horaire : je n'avais pas la moindre envie de dormir.

Par les fenêtres — il y en avait deux, car ma chambre occupait un angle du bâtiment —, je n'apercevais rien d'autre que l'ombre agitée des arbres qui cernent la maison. Habituée aux ciels clairs et dégagés de l'Ouest, je me sentais un peu oppressée par cette absence d'horizon.

Ne sachant que faire, j'ai commencé à tourner en rond dans la pièce. Les murs disparaissaient derrière des étagères croulant sous les livres et je pensais trouver facilement de quoi me distraire.

Malheureusement, j'ai vite déchanté. En parcourant les rayonnages, je me suis aperçue que le plus récent de ces livres avait au minimum le même âge que moi. Littérature préhistorique ! Comme si le temps s'était arrêté, dans cette demeure, à l'époque du départ de ma mère !

La nuit s'annonçait longue. Pas un bruit ne se faisait entendre dans la maison, à part quelques craquements sinistres qui, de temps en temps, me rappelaient que la construction devait être plus ancienne encore que sa propriétaire...

L'unique livre que j'avais apporté avec moi — en plus d'une grammaire française que j'étais censée étudier avant la finale d'orthographe — m'avait été prêté par Zach.

Il s'agissait d'un roman de Louis Ferdine intitulé *Sang d'encre*[1]. Ce bouquin avait fait parler de lui, lors de sa publication, à cause des circonstances plutôt troubles dans lesquelles il avait été écrit. Tout à fait le genre d'histoire épouvantable dont je pouvais me passer dans un moment pareil !

J'ai donc délaissé ce livre et me suis allongée sur le futon, tout habillée, rêvassant

1. Voir *Sang d'encre,* Atout policier nº 24.

et détaillant cette pièce dans laquelle ma mère avait sans doute passé une partie de sa jeunesse.

Et pourtant, j'avais beau chercher, rien ne venait me rappeler son souvenir. Tout ici me paraissait gris et sans joie, comme si cette étrange maison avait eu le maléfique pouvoir de tuer dans l'œuf toute idée de bonheur…

Pour alourdir encore cet environnement déjà pesant, une vieille horloge fixée au mur m'assénait ses tic-tac avec une régularité opiniâtre qui commençait à me porter sur les nerfs.

Tous les quarts d'heure, ce bruit lugubre était ponctué par une sorte de déclic qui ressemblait à un bruit de déglutition métallique, comme si cette antique mécanique avait eu des problèmes de digestion!

Moi-même, mon estomac… Cette atmosphère inquiétante me rappelait une nouvelle de Jean Ray — que m'avait fait lire Zach, bien évidemment! — dans laquelle une vieille maison, qui devait ressembler à celle-ci, possédait une pièce capable de digérer au sens propre les infortunés qui avaient la malchance d'y pénétrer…

C'est sur cette impression d'angoisse que je me suis finalement laissée aller à une sorte de sommeil agité. Dans un rêve pénible s'enchaînaient sans relâche des images de murs suintants et de cadavres desséchés abandonnés dans des pièces dépourvues de toute ouverture…

Perdue moi-même dans des couloirs interminables, je devais courir pour échapper à d'invisibles poursuivants qui tentaient de m'enfermer à mon tour dans un cachot muet. Il faisait noir et leurs lamentations incessantes, dans mon dos, étaient tout ce qui me signalait leur présence obsédante.

Tout à coup, un gémissement plus fort que les autres m'a réveillée en sursaut. Un long cri étouffé, une sorte de pleur à donner la chair de poule. Je me suis redressée sur mon lit, frissonnante, trempée d'une sueur glaciale.

Était-ce le vent au dehors ? Non. Celui-ci était tombé et l'ombre des arbres, que j'entrevoyais par les fenêtres, était comme figée. Un cauchemar, rien de plus, ai-je tenté de me dire pour me rassurer…

Pourtant, assise sur le futon, la gorge nouée, je tendais l'oreille dans la nuit, essayant et craignant à la fois d'y retrouver cet affreux couinement qui m'avait réveillée. En vain. Seul l'horripilant tic-tac de l'horloge se faisait entendre.

« Allons, me disais-je. Je nage en plein délire. Une vieille maison, un mauvais rêve et me voilà perdue comme une petite fille impressionnable. Je ferais mieux de me déshabiller et de me coucher pour de bon. »

Soudain, alors que j'allais me lever pour prendre mes vêtements de nuit dans ma valise, le geignement avait repris. L'atroce geignement de mon cauchemar ! Sauf que, cette fois, j'étais bel et bien réveillée et je ne rêvais plus !

Pétrifiée, retenant ma respiration, j'ai essayé d'identifier cette plainte mystérieuse. Il s'agissait en fait d'une lamentation monocorde et chevrotante, presque inaudible, comme venue d'un ailleurs lointain. Un râle lancinant qui exprimait tout à la fois la tristesse et la misère, la détresse et la douleur.

Voix humaine ? Difficile à dire. Peut-être ma peur ne venait-elle que de l'impression laissée par mon rêve. Sans doute n'y avait-il rien là-dedans que de très normal.

Je me faisais des idées, ce cri n'était peut-être que celui d'un chat en maraude ou d'un animal nocturne furetant dans le jardin.

Je me suis levée pour aller à la fenêtre. Collant mon front contre la vitre froide, j'essayais de percer le secret de ces ténèbres. J'ai ouvert la croisée.

Le râle, qui s'était affaibli pendant quelques instants, reprenait maintenant plus fort. Et pourtant non. Impossible! J'avais sorti ma tête dans l'air frais de la nuit pour écouter: le gémissement ne provenait pas du jardin. Il venait bien de l'intérieur de la maison!

J'ai refermé la fenêtre le plus lentement possible, terrifiée à l'idée que je pouvais produire le moindre bruit. Pourquoi? Je ne sais pas. La sensation, peut-être, que j'étais ici une intruse et que la maison elle-même me rejetait...

C'était idiot, bien sûr, mais je commençais à perdre tout contrôle et la panique s'emparait de moi. J'avais l'impression que le mystérieux soupir provenait des murs eux-mêmes...

Je ne crois cependant pas aux fantômes ni aux maisons hantées. Je n'y ai jamais cru, en tout cas... Mais là, je me sentais au bord de la folie. Qui pouvait gémir ainsi?

Je repensais à ce cri de rage entendu quelques heures plus tôt, à mon arrivée. Ma grand-mère? Mais, dans ce cas, quelqu'un d'autre aurait entendu et serait sorti pour voir ce qui se passait. Ghislaine, tout au moins. Sa fonction, ici, était bien de s'occuper de la vieille dame, non?

La chambre de Ghislaine se trouvait tout contre la mienne. Il n'en venait pourtant aucun bruit. Dormait-elle? Avait-elle seulement entendu? Et Pierre?

J'avais remarqué deux autres portes après celle de Ghislaine. L'une d'elles devait être celle de la chambre de mon oncle, l'autre celle de ma grand-mère. Dans tous les cas, je ne pouvais pas être la seule à entendre l'inexplicable lamentation. Quelqu'un allait certainement se manifester...

J'ai jeté un coup d'œil à ma montre: deux heures du matin.

Je me suis approchée de la porte et j'y ai collé mon oreille. Effectivement, après une longue attente, j'ai entendu un léger cliquetis qui pouvait être celui d'une serrure. Puis, après un silence, le frottement de pieds sur le plancher.

Un pas léger, furtif, presque un trottinement de souris! Le bruit s'est ensuite évanoui pendant un instant, pour faire place à un nouveau cliquetis de serrure, plus proche que le précédent.

La curiosité me démangeait, se faisait maintenant plus forte que ma peur. J'ai enfin osé entrouvrir ma porte. Le couloir était plongé dans une obscurité presque totale.

Avec des précautions infinies, j'ai avancé le nez dehors, écarquillant les yeux pour m'accoutumer à la noirceur et essayer de voir qui se déplaçait ainsi dans l'ombre.

Personne ! Le couloir était désert. Le gémissement, lui, avait enfin cessé.

Je suis restée ainsi, penchée en avant, les pieds dans ma chambre et la tête dans le couloir, pendant un temps dont j'ai perdu le compte. Avais-je donc rêvé, avais-je imaginé tous ces bruits ?

Non. Les bruits de serrure, surtout le dernier, avaient été bien nets. Je ne les avais pas inventés ! Ou bien je prenais mes rêves pour la réalité…

D'une façon très prosaïque, c'est une irrépressible envie d'aller aux toilettes qui m'a fait redescendre sur terre. C'était bien le moment !

La salle de bains se trouvait à l'autre bout du couloir. Mais ce passage obscur, ce silence pesant n'avaient rien d'engageant.

Toujours immobile, je me mordais les lèvres pour ne pas bouger. Et si le visiteur nocturne revenait ?

La raison a cependant fini par l'emporter et, la peur au ventre, je me suis avancée à pas lents dans le couloir.

En passant devant la porte de Ghislaine, je n'ai noté aucun bruit. Devant la suivante,
[illegible] oncle

[illegible] faisait
[illegible] ne suis
[illegible] ovenait
[illegible] assez
[illegible] pée de
[illegible] n émet
[illegible] nt.

[illegible] enten-
[illegible] disparu
[illegible] faisait-
[illegible] tait-elle

Ce n'était ni le lieu ni l'heure de me poser ce genre de questions. Brusquement, je suis entrée dans la salle de bains, j'y ai fait mes affaires en vitesse et je suis retournée me coucher.

Mais, alors que je me trouvais presque rendue à ma chambre, un nouveau bruit, venant de celle de Ghislaine, m'a fait dresser l'oreille. Le bruit d'un corps qui se retourne dans un lit. Ghislaine était donc chez elle ?

Dans ce cas, qui donc se promenait la nuit dans les couloirs ?

4

MARCELIN

Je ne sais pas à quelle heure j'ai fini par m'endormir, mais, lorsque je me suis finalement réveillée, il faisait grand jour et mes terreurs nocturnes me semblaient bien loin.

Je n'avais pas refermé les rideaux après avoir ouvert la fenêtre, au cours de la nuit, et le soleil entrait maintenant à flots dans la chambre. Ma montre indiquait onze heures du matin.

Pas un bruit ne venait de la maison.

Les autres devaient pourtant être levés depuis longtemps. J'allais passer pour une fieffée paresseuse…

Rapidement, je me suis rendue à la salle de bains, j'ai pris une douche et je suis rentrée m'habiller. Une fois vêtue, je me suis dirigée vers la cuisine.

En passant dans le couloir qui menait à l'entrée, j'ai remarqué que, dans cette maison, les portes étaient toujours fermées. Cela me changeait de ma maison de Calgary, lumineuse et ouverte, où, pour communiquer d'une pièce à l'autre — en dehors des chambres à coucher — il n'y a même pas de porte.

Ici, il y avait deux portes de chaque côté. La première à droite était celle du bureau d'où j'avais téléphoné à mes parents, la suivante celle de la cuisine, où nous avions soupé la veille.

Machinalement, j'ai essayé d'ouvrir la première sur ma gauche. Impossible. Elle était fermée à clé. Sur quoi donnait-elle?

Quelle curiosité! Cela ne me regardait pas, après tout. Haussant les épaules, j'ai continué vers la cuisine. Mon problème, c'était de déjeuner, pas de savoir ce qui se cachait derrière les portes…

Celle de la cuisine n'était pas complètement fermée. J'allais la pousser pour entrer lorsque j'ai entendu des voix. J'ai reconnu tout d'abord celle de Ghislaine.

— Ta nièce n'est guère matinale, Pierre, disait-elle d'une voix légèrement moqueuse.

Mon oncle a grommelé quelque chose que je n'ai pas compris, puis Ghislaine a repris:

— Au fait, Marcelin n'est pas sorti hier soir, il me semble. Je suppose que c'est pour ça qu'il a fait tout ce cirque pendant la nuit.

— C'est possible, a répliqué Pierre d'un ton las. J'étais fatigué, hier soir. Je déteste aller à l'aéroport, tu le sais bien. Tu serais gentille de t'occuper de lui, Ghislaine. J'ai quelques courses à faire avant midi.

Marcelin? Ce nom m'a littéralement clouée sur place. Mon grand-père! Il était donc revenu à la maison? Et c'est lui qui avait crié pendant la nuit, qui s'était levé et avait disparu dans les couloirs?

Que signifiait donc cette histoire de disparition? Je n'ai pas eu le temps de m'interroger davantage. La porte de la cuisine s'est ouverte en grand. Mon oncle, en m'apercevant, a eu un mouvement de recul.

— Que... qu'est-ce que tu fais là? a-t-il bredouillé comme si je venais de débarquer de la planète Mars.

— Je venais déjeuner. Je me suis levée un peu tard, je crois...

Mon oncle n'a rien répondu. Il a franchi la porte en évitant de passer trop près de moi, comme si j'avais eu une maladie contagieuse, puis il est sorti de la maison.

Je suis restée plantée là dans l'embrasure, me demandant si je lui avais fait peur tant son air m'avait paru effarouché. Avais-je entendu quelque chose que je ne devais pas entendre? Je pensais bien sûr à la remarque de Ghislaine sur mon grand-père.

La jeune femme, pour sa part, me dévisageait sans sourire. Il m'était impossible de dire si elle était fâchée ou non. Ses pensées, si elle en avait, ne transparaissaient pas sur son visage.

— Il est un peu tard pour déjeuner, a-t-elle déclaré froidement. Nous allons dîner bientôt, dès que Pierre sera revenu. Avez-vous bien dormi ?

Que pouvais-je répondre ? Parler de mon insomnie, évoquer ces étranges bruits dans la nuit ? Demander des nouvelles de mon grand-père ?

Pour autant que j'avais pu le constater, Ghislaine n'était pas du genre à répondre à mes questions. Surtout pas à celle qui me torturait maintenant : combien de personnes vivaient vraiment dans cette maison ?

Je me suis excusée platement pour mon lever tardif et, tournant les talons, j'ai rebroussé chemin et quitté la cuisine, la faim au ventre.

De nouveau dans le couloir, la curiosité m'a reprise. Avançant d'un pas, j'ai tendu la main vers la porte d'en face et, très lentement, j'en ai tourné la poignée.

Le battant s'est ouvert sans bruit. La pièce était manifestement une salle à manger. Le genre de salle froide et impeccablement rangée qu'on ne devait pas utiliser tous les jours. Les rideaux tirés aux trois fenêtres ne laissaient passer qu'un jour atténué.

Sans bruit, j'ai refermé la porte. J'étais perplexe. Je savais maintenant que l'inconnu que j'avais entendu cette nuit ne pouvait être que mon grand-père, mystérieusement revenu après des années d'absence, et je me doutais que la serrure que j'avais entendue fonctionner était celle de cette dernière porte, dont je ne savais pas où elle menait.

Quelle vie menait-il dans cette maison? Et pourquoi se cachait-il dans cette pièce fermée à clé?

Ne sachant que faire, j'ai alors décidé d'aller me promener à l'extérieur en attendant l'heure du dîner. Au moins, j'échapperais pour quelques instants à cette atmosphère étouffante.

Il faisait beau dehors. La ville de Saint-Jean, cependant, me paraissait plutôt insignifiante. J'ai déambulé dans les rues avoisinantes pendant une vingtaine de minutes, puis, lassée et triste, j'ai décidé de rentrer.

Revenue près de la maison, j'ai entrepris d'en faire le tour. Sur l'arrière du bâtiment, tout comme sur la façade, s'ouvraient quatre fenêtres. D'épais rideaux fermaient les deux les plus à gauche: celles de ma grand-mère et de mon oncle Pierre. « En voilà deux qui n'aiment guère la lumière ! » ai-je pensé.

Puis, en me rapprochant, j'ai remarqué, au niveau du sol, à demi dissimulées derrière des massifs de fleurs, des fenêtres basses pourvues de barreaux métalliques.

Bien sûr ! D'un seul coup, je comprenais où menait la porte verrouillée du couloir. Le sous-sol ! C'est donc là que Marcelin avait disparu cette nuit. Qu'était-il allé y faire à un moment pareil ?

J'osais à peine m'approcher de ces fenêtres sombres. Cela n'aurait sans doute pas servi à grand-chose, d'ailleurs. Là aussi, d'épais rideaux rendaient toute investigation impossible.

N'ayant rien de mieux à faire, j'allais donc rentrer à la maison quand la porte s'est ouverte brusquement devant moi. C'était une manie, décidément !

Cette fois, c'était Ghislaine. Elle n'était pas seule. Elle traînait, au bout d'une laisse, ce qui me paraissait être un gros sac de toile sale. Un chien ! Une sorte de corniaud informe et plein de poils dont je distinguais à peine la tête.

« Allons bon, me suis-je dit, cette maison recèle encore un habitant inattendu ! »

Tant mieux, finalement. Cet animal allait me fournir un prétexte pour poser la question qui continuait de me tarabuster.

Adressant un sourire un peu forcé à Ghislaine, j'ai demandé :

— Est-ce le chien de mon grand-père ?

Ghislaine m'a considérée d'un air stupéfait.

— De votre grand-père ? J'ignorais que vous en aviez un. Je pensais que madame Bernice était veuve depuis longtemps. Il est vrai que Marcelin est particulièrement vieux. Peut-être a-t-il réellement connu son mari.

— Marcelin ! me suis-je écriée au comble de l'étonnement.

Le chien a relevé la tête. Cette boule hirsute dont ne dépassait qu'une langue rose et baveuse s'est tournée vers moi.

— Oui, Marcelin, a repris la jeune femme avec une sorte de grimace qui pouvait passer pour un sourire. Le compagnon privilégié de votre grand-mère. Son ami et confident. D'ailleurs, maintenant que vous m'y faites penser, je crois me souvenir que votre grand-père portait en effet le même nom. Pierre a dû m'en parler une fois ou deux.

Un chien ! Je n'en revenais pas. Et moi qui étais allée imaginer le retour du véritable Marcelin, un retour qu'on avait caché à sa propre fille! Dans quel délire m'étais-je laissé embarquer!

Ghislaine avait presque l'air de s'amuser de mon émoi, qu'elle ne pouvait évidemment pas comprendre.

— Vous n'aimez pas les chiens? a-t-elle remarqué d'un ton à la limite de l'ironie.

— Oui, oui, bien sûr, ai-je bafouillé. Je... je les adore. Mais j'ignorais que ma grand-mère en avait un et qu'elle lui avait donné le nom de mon grand-père.

— Les personnes âgées ont parfois des lubies étranges, a conclu Ghislaine en hochant la tête. Maintenant, si vous me permettez, je dois aller faire crotter l'animal, puisque Pierre a omis de le faire hier soir.

Avec un soupir de lassitude, Ghislaine est passée devant moi en tirant vigoureusement sur la laisse et en entraînant derrière elle ce paillasson nommé Marcelin.

J'ai commencé à rire de ma méprise, me disant que j'allais bien amuser mes parents lorsque j'allais leur raconter l'anecdote.

Mon grand-père n'avait jamais reparu à la maison, bien entendu. Je m'étais laissé entraîner par une imagination maladive. Et ces étranges bruits de la nuit, c'étaient ceux qu'avait émis le chien, ce pauvre vieux chien qui avait sans doute déjà un pied dans la tombe et devait respirer avec les pires difficultés !

J'en étais là de mes réflexions quand un cri a retenti dans la maison. Un cri aigu qui m'a fait froid dans le dos, un appel rempli d'aigreur et de fureur, et qui n'admettait aucune réplique :

— Ghislaiiiiiiiiiiiiiiiiiiiiiine !

Personnages :
Marcelin le chien
Resumé : Bérenice
pense pas que
C'etait grand-père
mais Marcelin le
chien

5

BERNICE

Le cri a vibré longtemps dans mes oreilles. Ghislaine, pour sa part, était déjà beaucoup trop loin pour avoir entendu quoi que ce soit. Devais-je aller la chercher et l'informer que ma grand-mère l'appelait ?

Pour quelle raison, après tout ? Je n'étais pas la bonne. Et puis, surtout, j'avais là l'occasion de voir enfin cette fameuse grand-mère, et en tête-à-tête. Pourquoi ne pas en profiter ?

Depuis mon lever, j'appréhendais les présentations qui allaient avoir lieu. J'avais anticipé la lourdeur de la situation, avec mon oncle Pierre compassé, raide comme un morceau de bois, souriant comme une cuillerée d'huile de foie de morue. Et Ghislaine plantée là comme une statue…

Sans hésiter, j'ai laissé Ghislaine avec le chien et j'ai poussé la porte.

Le passage soudain du soleil du dehors à l'ombre du couloir, du parfum du jardin à cette odeur de vieux qui imprégnait la maison, de la chaleur à la fraîcheur, m'a saisie pendant un court instant.

Puis, mes yeux s'habituant à la pénombre, j'ai vu Bernice, à quelques pas devant moi. Une vieille dame ratatinée dans un fauteuil roulant d'un vieux modèle, sans moteur intégré.

Comme elle me semblait pitoyable, tout à coup, perdue dans ce couloir obscur, manifestement incapable de manœuvrer elle-même son fauteuil d'infirme !

Reprenant mes esprits, je me suis approchée lentement. Ma grand-mère, dont l'expression était mêlée de méfiance et de surprise, me dévisageait avec des yeux ronds, la bouche entrouverte. Une petite chose effarouchée… Où était la vieille dame autoritaire et acariâtre que j'avais imaginée ?

Je lui ai souri. Cela a eu l'effet d'une formule magique. Aussitôt, le visage de ma grand-mère s'est détendu et elle m'a tendu les bras en souriant à son tour.

— Bérénice, ma petite fille, a-t-elle balbutié, les larmes aux yeux.

Fondant comme une crème glacée en plein soleil, je me suis précipitée vers elle et accroupie près de son fauteuil. Je ne savais pas quelle attitude adopter. On m'avait tellement donné à entendre que ma grand-mère était un véritable dragon que j'étais complètement désorientée.

Bernice, en revanche, ne se lassait pas de me caresser la tête en murmurant :

— Ma pauvre petite, je pensais bien que j'allais mourir sans jamais te connaître. Tu es déjà si grande, et moi si proche de la fin.

— Voyons, Grand-mère, ai-je dit un peu platement en lui prenant la main. Vous êtes encore pleine de vigueur, vous avez des années devant vous.

À ces mots, son visage s'est assombri.

— Des années ! a-t-elle murmuré avec une sorte de soupir. Si on veut bien me les laisser…

J'ai redressé la tête. Que voulait-elle dire par là ? Bernice a sans doute remarqué mon geste, car elle a ajouté, d'une voix presque inaudible, tout en se penchant vers moi :

— Je ne vis plus en paix dans ma propre maison. On m'en veut. Je suis menacée. On n'attend que ma mort pour piller mes biens.

— Mais qui vous menace ? Il ne faut pas vous laisser faire, il faut appeler la police.

— La police ? N'y songe pas, ma petite fille. La police me prendrait pour une vieille folle. Il faut des preuves pour l'appeler. Mais elle est rusée, l'autre, la chienne. Elle agit par en dessous, dans l'ombre. Elle a même mis mon propre fils de son côté! Tu te rends compte?

J'étais stupéfaite. Bien évidemment, elle parlait de Ghislaine. Mais à quel genre d'agissements malfaisants faisait-elle allusion? Ghislaine était plutôt froide, mais elle ne m'avait pas semblé spécialement malveillante.

J'allais demander des précisions à Bernice lorsque la porte d'entrée s'est ouverte. C'était elle! Poussant le chien devant elle — un peu rudement à mon goût —, Ghislaine a fait irruption dans le couloir.

Bernice s'est figée, et je me suis prestement relevée, me plaçant derrière son fauteuil, les mains sur ses épaules dans un geste que je voulais protecteur.

— Je vois que vous avez fait connaissance, a laissé tomber la jeune femme tout en libérant le chien. Nous allons dîner bientôt. Pierre ne devrait pas tarder maintenant.

Puis elle a disparu dans la cuisine sans ajouter un mot, tandis que le vieux chien venait se coucher aux pieds de sa maîtresse.

Terriblement gênée par cette situation, je ne savais pas quoi faire. Je venais de plonger au cœur d'une affaire de famille dans laquelle, malgré mon affection spontanée pour ma grand-mère, je ne me sentais pas tellement à ma place.

Heureusement, l'arrivée de Pierre m'a providentiellement tirée d'embarras.

Mon oncle ne m'était pas très sympathique, et moins encore après ce que venait de me confier Bernice. Cependant, complotait-il vraiment avec la jeune femme ou n'en était-il que la victime, lui aussi ?

J'avais tendance à privilégier la seconde solution. L'oncle Pierre me paraissait être un personnage faible, un de ces individus qui n'ont jamais vraiment grandi et se font manipuler leur vie durant par le premier venu.

Quel pouvoir Ghislaine avait-elle vraiment sur lui, je n'en avais aucune idée.

Pierre a bredouillé quelques excuses à propos de son retard, puis il est entré à son tour dans la cuisine.

— As-tu vu? a sifflé ma grand-mère entre ses dents. Il la suit comme un petit chien… Bon, allons-y, maintenant. Je meurs de faim.

Un peu étonnée par la vitesse avec laquelle elle avait changé de sujet, je me suis mise en devoir de pousser le fauteuil.

— Fais bien attention de ne pas abîmer le chambranle de la porte, a dit Bernice tandis que j'essayais de lui faire franchir le seuil.

Finalement, c'est Ghislaine qui m'a aidée en me tenant la porte. Pierre, lui, était déjà assis à sa place.

Le repas s'est déroulé dans un silence que ponctuaient à peine les bruits de bouche de mon oncle et le cliquetis des fourchettes. J'avais du mal à avaler chaque bouchée.

Ma grand-mère, assise en face de moi, le nez dans son assiette, mangeait comme un oiseau.

— Vous n'avez pas faim, Bernice ? lui a lancé Ghislaine au bout d'un moment. Voulez-vous un peu de sauce ?

Ce disant, elle a poussé vers la vieille dame, installée à sa droite, une bouteille sans étiquette pleine d'un liquide marron pas très appétissant.

Bernice a alors relevé la tête, non pas pour répondre à la jeune femme, mais pour me lancer un regard affolé. Que voulait-elle me faire comprendre ? Je craignais trop bien de le savoir…

Mes yeux allaient de la bouteille à l'assiette de ma grand-mère, de l'assiette à la bouteille. Bernice s'était recroquevillée sur son fauteuil. Elle avait l'air d'une enfant battue.

Ghislaine avait-elle surpris l'échange de regards entre ma grand-mère et moi ? Toujours est-il qu'elle a brusquement retiré la bouteille de la table en soupirant avec humeur, comme une mère de famille baissant les bras face à un enfant buté.

Pierre, pendant ce temps, n'avait pas desserré les dents — sauf pour mettre la nourriture dans sa bouche ! — et je me demandais s'il avait seulement remarqué le manège qui venait de se dérouler !

Le repas s'est achevé dans une ambiance sinistre. J'osais à peine relever le nez de mon assiette, mais j'ai noté à plusieurs reprises que Ghislaine me jetait des coups d'œil soupçonneux par en dessous.

La dernière bouchée avalée, j'ai prétendu avoir du travail à faire, mon concours ayant lieu la semaine suivante, et j'ai rejoint ma chambre sans demander mon reste.

Là, je me suis allongée sur mon lit pour réfléchir, non sans avoir fermé ma porte à clé de l'intérieur.

Dans quel guêpier étais-je tombée ? Que manigançait exactement cette Ghislaine, que fabriquait-elle la nuit au sous-sol ? Y composait-elle les poisons dont elle remplissait ensuite les bouteilles de sauce qu'elle servait à Bernice ?

Celle-ci avait beau parler de manque de preuves, un poison est un poison et il laisse des traces. La police ne devait plus ignorer ce qui se tramait dans cette maison.

Cependant, j'hésitais un peu à agir moi-même. Je ne savais rien de tout ce qui avait été dit et fait auparavant, et seule Bernice était habilitée à demander le secours de la police.

Cela dit, je regrettais un peu d'avoir laissé la vieille dame dans la cuisine, seule avec ses bourreaux supposés. Bien sûr, si Ghislaine était si rusée, elle ne se risquerait pas à estourbir ma grand-mère d'un coup de rouleau à pâtisserie, sous les yeux de son fils de surcroît.

Je devais pourtant être vigilante. Une vieille dame sans défense était peut-être en danger, et ma présence pouvait être décisive.

Tout à coup, j'ai entendu des éclats de voix dans le couloir. Me précipitant à la porte, je l'ai déverrouillée avant de l'entrouvrir le plus étroitement et le plus silencieusement possible.

De cette façon je ne pouvais rien voir, mais, en revanche, j'entendais assez nettement. Je ne comprenais pas bien ce que disait ma grand-mère, que Ghislaine poussait vivement dans le couloir en direction de la salle de bains, mais la voix haute et forte de la nurse était parfaitement claire:

— Vous êtes sale comme une guenille, Bernice, vos fesses doivent sentir le poisson! Vous ne couperez pas au bain aujourd'hui!

J'étais révoltée d'entendre traiter ainsi une malheureuse vieille sans défense. Pauvre grand-mère! Et son fils, que faisait-il pendant ce temps-là? Pourquoi laissait-il une étrangère malmener ainsi sa mère? Mon oncle Pierre n'était pas seulement un mou, mais aussi un sans-cœur.

Je ne pouvais pas laisser les choses se passer ainsi sans rien dire. S'il m'était difficile d'intervenir directement, je devais au moins aller parler à mon oncle.

Je suis donc ressortie de ma chambre pour me rendre à la cuisine. Là, à mon grand étonnement, j'ai trouvé la pièce vide. Où était-il passé? Cet homme était un véritable fantôme...

J'allais repartir lorsqu'une idée m'a traversé l'esprit. En voyant les flacons de condiments rangés sur une étagère, j'ai subitement eu l'envie de jeter un œil d'un peu plus près sur cette fameuse bouteille de sauce que Ghislaine avait voulu servir à ma grand-mère.

Curieusement, la bouteille ne se trouvait pas avec les autres. La conservait-on ailleurs ? Dans un endroit… plus sûr ? Voilà qui me paraissait bizarre. J'ai entrepris de fouiller les placards et les tiroirs, mais en vain. Pas la moindre trace du mystérieux flacon.

Qui l'avait fait disparaître, et pourquoi ? Je commençais à me demander si je pouvais encore me sentir en sécurité dans cette maison…

6

« ILS LES PRENNENT BIEN JEUNES, À PRÉSENT »

J'ai passé l'après-midi de ce samedi enfermée dans ma chambre, n'osant plus sortir, ne sachant à qui parler.

Depuis l'épisode de la salle de bains, je n'avais entendu ni Bernice ni Ghislaine. Sans doute ma grand-mère était-elle en train de se reposer dans sa chambre, mais que faisait la nurse ? Et Pierre ? Personne n'avait l'air de se préoccuper de moi.

Je me trouvais recluse dans cette chambre parmi des livres désuets que je feuilletais machinalement sans y découvrir le moindre intérêt.

De temps en temps, un bruit de pas feutrés, le vague déclic d'une serrure ou un soupir étouffé venaient me rappeler que du monde vivait ici. Enfin, du monde…

En début de soirée, alors que je m'étais à moitié assoupie, on a frappé à ma porte. C'était Ghislaine.

— Vous aimez les chiens, n'est-ce pas ? a-t-elle demandé de but en blanc, sans se préoccuper de savoir à quoi j'avais passé mon après-midi.

J'ai répondu que je n'avais jamais eu de chien et qu'il ne m'était pas facile de répondre à sa question, mais que, en revanche, je n'avais rien contre eux.

— Parfait, a-t-elle répliqué. Je dois préparer le souper et Pierre ne se sent pas très bien. Voulez-vous aller promener Marcelin ?

Au ton péremptoire de Ghislaine, j'ai bien senti qu'il n'y avait qu'une réponse possible. Sa question n'en était pas une, c'était presque un ordre. Tant mieux, après tout. Ce serait pour moi l'occasion de sortir un peu d'ici.

Je l'ai donc suivie dans le couloir. À l'embranchement, elle s'est arrêtée et m'a annoncé :

— Attendez-moi ici, j'en ai pour un instant.

Elle m'a plantée là et est allée d'un pas vif jusqu'à la chambre du fond, dans laquelle elle est entrée après avoir frappé, sans même attendre la réponse.

La porte était restée ouverte et j'ai pu entendre la voix de ma grand-mère, plaintive et furieuse en même temps, maugréer des paroles incompréhensibles. Puis, presque aussitôt, celle de Ghislaine :

— Allez, en avant, sac à puces!

Elle est ressortie de la chambre en traînant derrière elle le pauvre animal. Décidément, femme ou chien, il ne faisait pas bon être vieux dans le voisinage de cette femme! Comment ma grand-mère pouvait-elle tolérer une harpie pareille dans sa maison?

Et Pierre? Il n'avait donc pas voix au chapitre? Apparemment, il ne savait que se présenter à la cuisine à l'heure des repas. Je comprenais pourquoi il n'avait jamais quitté sa mère! Mais, dans ce cas, il aurait pu s'occuper d'elle un peu mieux.

Enfin, si je pouvais aider ma grand-mère en sortant son chien, je le ferais avec plaisir.

Ghislaine m'a mis la laisse dans la main et m'a tourné le dos avant de disparaître dans la cuisine. Marcelin m'a lancé un vague regard de derrière ses poils hirsutes et, sans manifester le moindre état d'âme, il m'a suivie dans le couloir.

En passant devant la porte de la cuisine restée entrouverte, j'ai aperçu Ghislaine farfouillant dans le placard à condiments. Je n'ai pu retenir un frisson à l'idée de ce qu'elle était peut-être en train de manigancer...

Une fois à l'extérieur, j'ai respiré un grand coup et, au lieu d'emmener Marcelin dans le jardin, je me suis dirigée vers la rue.

Dans ce lieu neutre et anodin, je ressentais moins l'influence mortifère de la maison. Le chien, lui, se traînait doucement, nez au sol, s'arrêtant presque à chaque pas pour baver et humer l'herbe au bord du trottoir.

Je me demandais, en voyant les longs poils de son museau balayer le sol, s'il dormait sur le lit de ma grand-mère. Même si je comprenais que cet animal était le seul vrai compagnon de la vieille dame, j'en éprouvais malgré tout un certain dégoût.

La rue était calme. Le quartier me semblait un peu miteux. À part celle de ma grand-mère, sorte de demeure d'un autre âge, les maisons ici auraient plutôt mérité le nom de bicoques.

Cependant, ne sachant où aller, j'errais au hasard sans trop m'éloigner de la maison pour éviter de me perdre dans cette ville que je ne connaissais pas.

Malgré son allure extrêmement lente et fatiguée, c'était le chien qui me promenait plutôt que l'inverse. Je marchais derrière lui, m'arrêtais avec lui. Je m'abstenais toutefois de renifler chaque tache douteuse sur le trottoir…

Le laissant aller à sa guise, je méditais sur ce sentiment d'angoisse que distillait la maison de ma grand-mère et, en repensant à la fameuse bouteille de sauce qui avait disparu, je me demandais si je me faisais des idées ou si…

Tout à coup, une voix m'a fait sursauter. Une voix de femme.

— Tiens donc ! Marcelin ! Il y a longtemps qu'on ne l'avait pas vu. Et il s'est fait une nouvelle amie !

Dans l'entrée d'un jardin minuscule se tenait une femme assez âgée, au visage un peu fripé mais aux cheveux d'un blond étincelant qu'on aurait dit avoir été pris à une poupée Barbie.

Elle me regardait en souriant de toutes ses dents tandis que son mari — enfin, je supposais ! —, debout les mains dans les poches, un peu en retrait, me dévisageait d'un œil bovin.

J'ai rendu son sourire à la dame et j'ai poursuivi mon chemin sans m'arrêter. Je ne tenais pas à entamer une conversation avec cette gravure de mode décatie…

Je n'avais pas fait dix pas que l'homme, qui n'avait pas desserré les dents jusqu'ici, a prononcé assez distinctement, comme s'il avait *voulu* que je l'entende sans en avoir l'air :

— Ils les prennent bien jeunes, à présent.

Cette phrase m'a choquée. De quoi se mêlait-il, ce vieux barbon ? C'est ma jeunesse qui le gênait ? Jaloux !

Puis je me suis demandé ce que cet homme avait voulu dire. C'est à moi qu'il avait fait allusion, j'en étais sûre. « Ils les prennent bien jeunes, à présent. » Mais qui prenait quoi ?

J'ai continué la promenade avec Marcelin pendant un quart d'heure encore, m'interrogeant sur le sens à donner à cette phrase étrange. Puis, lassée par cette errance sans intérêt avec un animal qui, manifestement, était lui aussi fatigué, j'ai fait demi-tour.

En repassant devant le jardin où le vieux couple avait lancé ses réflexions, j'ai hâté le pas. Je n'avais pas envie d'en subir de nouvelles.

J'avais à peine dépassé l'entrée que la propriétaire a surgi dans mon dos.

— Mademoiselle, mademoiselle ! a-t-elle soufflé.

Je me suis retournée, prête à la renvoyer à son gazon si elle se permettait une remarque désobligeante. L'homme, heureusement, avait disparu.

— Mademoiselle, a-t-elle repris tout en regardant autour d'elle d'un air un peu piteux. Excusez mon mari, il n'a pas voulu être désobligeant. Il manque simplement de délicatesse.

La vieille dame me regardait avec un sourire exagéré, comme si elle attendait mon pardon ou quelque chose de ce genre. Voyant que ma réponse tardait, elle a ajouté :

— Vous venez d'arriver chez Bernice, n'est-ce pas ?

— Oui, ai-je laissé tomber d'un ton las. Bernice est ma grand-mère.

— Ooooooh ! s'est exclamée la voisine avec un rire aigu et un peu forcé. Quelle méprise ! Figurez-vous que nous vous avions prise pour la nouvelle nurse.

— La nouvelle nurse ?

— Oui, elles défilent tellement vite ici, vous comprenez. Nous pensions que vous étiez la remplaçante de Ghislaine.

— Ghislaine est encore là, ai-je répliqué un peu sèchement. Je n'ai pas entendu dire qu'elle avait l'intention de partir.

— Oh non ! bien sûr, ce n'est pas ce que je voulais dire. Au contraire, elle est même sans doute là pour longtemps, n'est-ce pas ?

J'aurais juré qu'en prononçant cette dernière phrase, la vieille m'avait fait une sorte de clin d'œil complice. Mais de quoi se mêlait-elle, à la fin?

— C'est que, vous voyez, d'habitude, elles restent si peu. Bernice n'a même pas besoin de les mettre à la porte, elles partent d'elles-mêmes. Ou alors, comme cette pauvre Dorothée…

— Dorothée?

— Oh, bien sûr, ce n'était sans doute qu'un accident. Mais les mauvaises langues vont tellement vite, vous comprenez… Quelle mort tragique, tout de même!

— De quoi parlez-vous, enfin? ai-je demandé, à la fois excédée par son bavardage et intéressée par ce qu'elle m'apprenait sur la maison de ma grand-mère.

— Dorothée, la jeune dame que Ghislaine a remplacée. Elle a été trouvée morte dans l'escalier du sous-sol, il y a quelques mois. Les vertèbres cervicales rompues. Un accident affreux. Mais vous savez, il ne faut pas écouter les gens, ils racontent n'importe quoi…

— Que…

— Une si gentille jeune fille. Toujours un livre à la main. Oh ça! elle adorait lire! Le même livre, souvent. Je m'en souviens parfaitement. Les poésies de Nelligan. Un si charmant jeune homme…

Un appel de son mari a rappelé l'incorrigible bavarde chez elle, et je me suis retrouvée sur le trottoir, seule avec ma perplexité.

Dorothée… Bien sûr, on ne m'avait jamais parlé d'elle, mais pour quelle raison l'aurait-on fait ? Et puis, que signifiaient les remarques répétées de la voisine sur les mauvaises langues ? Avait-on parlé de meurtre ?

Il commençait à faire sombre. Aucune lumière ne venait de l'intérieur de la maison, qui me paraissait plus menaçante que jamais. Immobile devant la porte, le chien affalé à mes pieds, je n'osais pas entrer…

7

LA MORT RÔDE

Cette soirée a été encore plus pénible que la précédente.

Je suis restée longtemps devant la maison, en proie à des questions sans réponse, lorsque le chien s'est mis à gémir.

Reprenant un peu mes esprits, j'ai poussé la porte, la gorge nouée. Comme par magie, la lumière s'est allumée et Ghislaine s'est trouvée là, surgissant du couloir menant aux chambres.

— Ah, vous voilà ! a-t-elle dit. Nous allions passer à table.

Mon oncle Pierre est arrivé sur ses pas. Il a pris la laisse du chien sans dire un mot et est reparti vers la chambre de sa mère. Pour ma part, j'ai suivi Ghislaine à la cuisine. En passant devant la porte du sous-sol, je n'ai pu réprimer un frisson de peur.

Tandis qu'elle s'affairait pour le repas, j'examinais discrètement la nurse. Qui était cette jeune femme ? Une aventurière qui s'était introduite dans la maison pour abuser d'une vieille dame sans défense ?

Et qu'avait voulu dire la voisine lorsqu'elle m'avait affirmé, avec un clin d'œil entendu et passablement vulgaire, que Ghislaine était là pour longtemps? Celle-ci était-elle au courant du sort de la nurse qui l'avait précédée à son poste?

Autant de questions pour lesquelles je n'avais pas le moindre élément de réponse. Et je me voyais mal les poser directement à l'intéressée!

Après un souper lugubre auquel Bernice, comme la veille, n'avait pas participé, je suis allée me réfugier dans ma chambre.

Une fois allongée dans mon lit, j'ai commencé à me tourner et me retourner sans cesse. Les mystères de cette maison me pesaient douloureusement et m'empêchaient de dormir.

Pourtant, j'avais beau repasser dans ma tête chaque événement, analyser chaque bruit entendu, me remémorer chaque bribe de conversation, rien ne constituait en soi un élément sérieux permettant de porter la moindre accusation contre qui que ce soit.

Des signes plutôt que des indices qu'il se passait quelque chose d'anormal ici. Ou bien tout ceci n'existait-il pas plutôt dans ma tête et nulle part ailleurs?

Les allées et venues dans le couloir n'étaient-elles pas celles de gens se rendant à la salle de bains ?

La bouteille disparue n'avait-elle pas tout bêtement été jetée à la poubelle, puisque Bernice n'avait pas l'air d'aimer cette sauce ?

Quant aux ragots des voisins à propos de l'accident survenu à la jeune femme nommée Dorothée, quel crédit fallait-il leur accorder ? Le même qu'à tous les ragots...

L'ambiance d'une vieille bâtisse, avec une personne malade, un homme mou et taciturne, et une nurse sur qui retombait tout le travail et qui avait pour cette raison de compréhensibles mouvements d'humeur, je n'étais pas habituée à ça.

Et moi, petite fille en mal d'aventure, je m'inventais des histoires à faire peur... Je commençais à ressembler à Zach, qui n'a pas son pareil pour ce genre de choses !

Voilà du moins ce que je me disais pour essayer de chasser mon inquiétude. Mais, chaque fois que la raison commençait à me revenir, un craquement dans le couloir me faisait brusquement sursauter et réduisait mes efforts à néant. On ne dormait donc jamais, dans cette maison ?

Il m'avait semblé, au début de la nuit, entendre une porte s'ouvrir et des pas hésitants se déplacer dans le couloir. Je m'étais demandé si le manège de la nuit précédente allait se reproduire.

Bruit réel, ou bien n'était-ce qu'un effet de l'exaspération de mes sens due à la peur ? Il suffisait que je prête attentivement l'oreille pour que le silence revienne. J'avais le sentiment de ne plus contrôler mon cœur qui battait de façon désordonnée.

Mon sommeil n'était pas le seul à être perturbé. Dans la chambre voisine, j'entendais Ghislaine se retourner sans cesse dans son lit, soupirer, gémir. Était-elle en train de rêver ?

Ce ne devait pas être un rêve agréable, en tout cas. Entre deux grincements de sommier, je l'entendais murmurer d'une voix tremblante qui ne lui ressemblait pas :

— Non, non, pas maintenant...

Mais le cauchemar devait continuer malgré tout. Le cycle des soupirs et des couinements de ressorts reprenait, ponctué de nouveau par les dénégations impuissantes de la rêveuse.

Le sommeil était une denrée rare et précieuse, dans cette maison !

Pourtant, il me semblait bien que je commençais à m'assoupir enfin quand un véritable hurlement m'a réveillée brusquement. Un cri strident, aigu, qui a résonné longtemps dans le noir.

Me redressant d'un seul coup, j'ai allumé ma lampe. Je n'avais pas rêvé. Un bruit de cavalcade dans le couloir me signalait que tout le monde avait été tiré du lit par l'abominable braillement.

Me levant à mon tour, je me suis précipitée dans le couloir. Celui-ci était assez sombre, éclairé seulement par la lumière de la chambre de Ghislaine, dont la porte était restée entrouverte.

Mon oncle, en chemise de nuit, était en train de tambouriner à la porte de sa mère, dont les cris — car c'était de sa chambre qu'ils provenaient — retentissaient sans discontinuer.

Bernice, tout à ses vociférations, ne répondait manifestement pas. Ghislaine, qui se trouvait derrière Pierre, lui enjoignait d'ouvrir sans attendre au lieu de rester là.

— Je ne peux pas, a grogné mon oncle. C'est verrouillé de l'intérieur.

— Enfonce la porte! a alors ordonné la jeune femme.

Pierre l'a regardée comme si elle lui avait demandé de marcher sur les mains en chantant une tyrolienne. Bernice, entre-temps, avait baissé d'un ton et émettait maintenant une lamentation où alternaient la rage et la douleur.

Mon oncle a crié à travers la porte :

— Maman ! Ouvre ou je vais devoir briser la porte !

Une question m'a alors traversé l'esprit. Comment une vieille dame impotente avait-elle pu verrouiller sa porte ? C'était contraire à la prudence la plus élémentaire.

Quant à Pierre, s'imaginait-il que sa mère allait sortir du lit comme une jeune fille ingambe, grimper sur son fauteuil roulant et venir lui ouvrir à toute vitesse ?

Tout ceci n'avait pas de sens. Et pourquoi Bernice s'était-elle enfermée ainsi dans sa chambre ? Craignait-elle vraiment, pour prendre un tel risque, que quelque chose de grave ne lui arrive ?

En tout cas, la vieille dame ne répondait pas aux injonctions de son fils et elle continuait de hurler comme si on était en train de l'assassiner. Ghislaine a alors crié :

— Bernice ! Cessez de faire l'enfant, voulez-vous ! Que vous arrive-t-il ? Un cauchemar ?

En entendant sa nurse, Bernice s'est tue subitement. Mais elle ne s'est pas calmée pour autant, bien au contraire. Le silence n'a duré qu'une seconde, puis, d'une voix stridente, elle s'est mise à crier de nouveau :

— Arrière, sorcière ! Monstre ! Empoisonneuse ! Goule !

Je me trouvais maintenant juste derrière Ghislaine et la voix de ma grand-mère me parvenait très distinctement. C'était moins la peur que la haine qu'exprimait cette voix, et je me disais qu'il vaudrait peut-être mieux essayer de la calmer plutôt que d'enfoncer sa porte.

Tirant Ghislaine par la manche, je lui ai suggéré cette idée. La jeune femme m'a regardée un instant d'un air dubitatif, puis, haussant les épaules, elle s'est éloignée en direction de la cuisine en grommelant :

— Je vais préparer de la tisane. En voulez-vous ?

Elle n'a pas attendu ma réponse. Pierre, pendant ce temps, essayait de parlementer avec sa mère.

— Ouvre, maman, voyons. Je suis là. Que se passe-t-il ?

Bernice s'était calmée. Du moins avait-elle cessé de crier. J'ai alors entendu des soupirs, des grincements, des bruits métalliques. Puis le bruit de roues sur le plancher. Et, enfin, un cliquetis dans la serrure.

Pierre a vivement ouvert la porte.

Bernice était assise dans son fauteuil, en chemise de nuit, tout échevelée, le visage blême et agité de tics nerveux.

Sans un mot, elle a reculé son fauteuil, puis, d'un geste, elle a désigné une grosse masse immobile sur le sol, près de son lit. Il m'a fallu du temps pour reconnaître Marcelin.

— La chienne, a murmuré ma grand-mère avec une grimace haineuse. La criminelle ! Elle l'a empoisonné !

Mon oncle est entré dans la chambre et s'est agenouillé près de l'animal.

— Es-tu sûre de ce que tu dis ? Pourquoi accuser Ghislaine ?

— Je sais bien que tu la protèges, Pierre. Mais je ne suis pas folle. Regarde sa gueule.

Je me suis faufilée derrière mon oncle. Je voyais aussi bien que lui. De la gueule du chien coulait une sorte de liquide marron. J'ai aussitôt pensé à la fameuse bouteille de sauce…

— Ça l'a pris pendant la nuit, a repris ma grand-mère d'un ton funèbre. Pauvre bête. Faut-il qu'elle me déteste !

— Mais enfin, maman, a balbutié mon oncle. Il faut des preuves.

— Va donc à la cuisine. Je suis sûre qu'elle est en train de les faire disparaître.

— Il faudrait peut-être appeler la police, ai-je alors bredouillé.

Mon oncle et ma grand-mère se sont retournés vers moi d'un même mouvement, comme si j'avais proféré une insanité.

— La police? a murmuré Pierre d'une voix rauque. Dans cette maison? Tu n'y songes pas sérieusement, voyons.

Puis, comme si Bernice m'avait enfin reconnue, elle a ajouté d'une voix douce:

— Retourne dans ta chambre, ma petite. Ce n'est pas un spectacle pour toi.

Je ne me le suis pas fait dire deux fois. La vue de ce chien empoisonné me donnait envie de vomir. Cependant, au lieu de repartir vers ma chambre, j'ai obliqué vers la cuisine.

Ma grand-mère avait sans doute ses raisons d'accuser Ghislaine, mais je me demandais comment celle-ci avait pu empoisonner un chien de l'autre côté d'une porte fermée à clé.

Dans la cuisine, j'ai retrouvé la nurse en train de faire chauffer de l'eau et de préparer des tasses. Elle s'est retournée en m'entendant entrer.

— Alors? a-t-elle simplement demandé.

— Le chien a été empoisonné.

Jouait-elle vraiment bien la comédie ? Ghislaine avait laissé tomber une des tasses, qui s'était brisée sur le sol. Elle avait l'air sincèrement étonnée.

— Comment ça, empoisonné ? J'ai haussé les épaules.

— Empoisonné, ai-je répété. Je n'en sais pas plus.

Instinctivement, j'ai jeté un coup d'œil à la gamelle du chien, sur le carrelage près de l'évier. Sa pâtée habituelle semblait avoir été nappée d'une sauce brune.

Et puis, dépassant à moitié de la poubelle, la fameuse bouteille qui avait disparu dans l'après-midi !

8

LA LETTRE OUBLIÉE

Je n'ai pas osé regarder Ghislaine dans les yeux. J'ai filé aussitôt vers ma chambre où, une fois de plus, je me suis enfermée.

Voilà où j'en suis, deux jours après mon arrivée ici. Deux jours seulement, mais j'ai l'impression de vivre ce cauchemar depuis une éternité. Zach avait raison. Et ça devient une obsession : cette maison sent la mort...

Je ne sais pas ce que Ghislaine a fait de ses tisanes. Je ne veux pas le savoir... Empoisonnées, elles aussi ? Je réprime un frisson. Pas question de dormir, je n'y arriverai plus maintenant. Je crois même que je ne pourrai plus jamais dormir dans cette maison !

D'ailleurs, il y a tout un remue-ménage dans le couloir. Allées et venues, éclats de voix, jurons étouffés... Je ne distingue pas ce qui se dit, mais il ne s'agit pas de compliments ! La tension est extrême. Je m'attends presque à ce que la rage explose en tempête, à ce que des coups soient échangés.

C'est la voix de Ghislaine qui domine. Son ton est véhément, autoritaire. D'accusée, il semble qu'elle se soit faite accusatrice. Pierre plie comme un roseau sous la tempête. Pauvre homme ! Il est pitoyable.

Je le devine pris entre deux feux, entre sa mère qu'il n'a probablement jamais été capable d'affronter et la nurse qui semble avoir sur lui un ascendant assez fort.

Quant à Bernice, elle reste muette. Du moins, je ne l'entends pas. Comme si, après avoir déclenché cette tourmente, elle s'était retirée dans son mutisme pour savourer la situation. Ou bien rumine-t-elle simplement son chagrin dans sa chambre ?

Enfin, ça se calme un peu. Claquements de portes, pas nerveux. Puis j'entends un bruit de frottement, accompagné de halètements rauques, comme si on traînait à grand-peine quelque chose de lourd dans le couloir. Pierre doit être en train d'emporter le cadavre du chien !

La porte d'entrée s'ouvre, se referme bruyamment. Claquement sinistre…

Bientôt, j'entends des pas à l'extérieur, le long de ma fenêtre. Entrouvrant les rideaux, j'aperçois mon oncle courbé au-dessus de son lourd fardeau qu'il remorque péniblement dans l'herbe, sur un vieux drap. Il se dirige vers le fond du jardin où il disparaît assez vite, derrière les grands arbres.

Quelques instants plus tard, il réapparaît et se dirige vers une cabane à outils qui flanque le mur arrière de la maison. Il en ressort presque aussitôt avec une bêche à la main et repart vers les arbres. Le sort de Marcelin est réglé. Il servira d'engrais aux plantes de ma grand-mère !

Dans la maison, en revanche, il n'y a plus un mouvement. Je regarde ma montre. Il est une heure du matin. Le silence est tel que je me demande si tout ce que je viens de voir a bien eu lieu réellement.

À vrai dire, je ne sais plus quoi penser. La figure inquiétante de Ghislaine me hante sans répit. Jusqu'où ira-t-elle dans ses agissements criminels ? Jusqu'à empoisonner ma grand-mère ?

J'ai tout de même du mal à le croire. Bien sûr, cette jeune femme ne m'est pas très sympathique et je ne lui cherche aucune excuse, mais il y a dans toute cette affaire des aspects curieux.

Si j'avais dû empoisonner un chien en versant une mixture mortelle dans sa nourriture, j'aurais immédiatement nettoyé la gamelle après le repas du chien et j'aurais fait disparaître la bouteille pour de bon. Ça me semble élémentaire.

Ghislaine est-elle à ce point stupide qu'elle a laissé en évidence toutes les pièces à conviction qui peuvent l'accabler? J'ai du mal à le croire. Ghislaine est une femme de tête, pas une écervelée.

D'autre part, pour quelle raison aurait-elle voulu tuer ce chien? Elle ne l'aimait guère et ne s'en cachait pas, bien sûr, mais de là à lui faire avaler du poison... La volonté de blesser ma grand-mère, peut-être?

Ça pourrait expliquer qu'elle n'ait pas pris la peine de dissimuler la bouteille: en signant aussi nettement son forfait, elle rendait encore plus violente, plus manifeste la haine qu'elle porte à Bernice.

Mais, si Ghislaine a commis son acte de façon aussi évidente, pourquoi a-t-elle feint la surprise lorsque je lui ai rapporté, dans la cuisine, ce que j'avais vu dans la chambre de ma grand-mère? Non, décidément, ces éléments ne collent pas ensemble.

Cependant, si ce n'est pas Ghislaine, qui est-ce? Il n'y a pas le choix: il ne reste que Pierre.

Là, les motivations m'apparaissent encore plus floues. Comment cet homme, un peu veule, il faut bien le dire, plutôt passif, comment cet homme qui n'a jamais réussi à quitter la maison maternelle aurait-il pu porter un coup pareil à sa mère ?

Jalousie vis-à-vis du chien sur qui Bernice avait reporté toute son affection ? C'est aberrant. Peut-on vraiment être jaloux d'un vieux chien ? Non, là encore, je délire.

Pourtant, je revois son attitude dans la chambre de Bernice lorsque j'ai parlé d'appeler la police. Il avait l'air complètement décontenancé, effrayé même.

L'idée de voir la police mettre son nez dans la maison le rend extrêmement nerveux, de toute évidence. A-t-il donc quelque chose à se reprocher ?

Le plus curieux, d'ailleurs, maintenant que j'y songe, a été la réaction de ma grand-mère à ce moment-là. Alors qu'elle aurait dû approuver ma proposition, elle a eu l'air de cautionner sans restriction les réserves de son fils.

Étrange. Pourquoi, alors qu'elle s'est déjà plainte à moi des agissements de Ghislaine, de ses intentions malhonnêtes — pour ne pas dire criminelles —, refuse-t-elle l'intervention des policiers au moment même où elle pourrait leur fournir une preuve tangible de ce qu'elle avance ?

Quant aux relations existant entre mon oncle et la nurse, elles viennent encore compliquer les choses. Je me demande quels sont leurs rapports, au juste…

Un détail me revient en mémoire. Quand je suis sortie de ma chambre, tout à l'heure, après le terrifiant cri de Bernice, la seule porte ouverte sur le couloir était celle de Ghislaine. Et je ne me souviens pas d'avoir remarqué le moindre rai de lumière filtrant sous celle de mon oncle.

Pierre avait-il pris le temps d'éteindre sa chambre et de refermer soigneusement sa porte avant de se précipiter vers celle de sa mère ? Difficile à avaler. Les vieux garçons ont des manies, mais là, la situation ne s'y prêtait pas.

Mon oncle était donc sorti de la chambre de Ghislaine… Les bruits et soupirs entendus plus tôt chez ma voisine, et que j'avais mis sur le compte d'un sommeil agité, n'étaient-ils pas ceux d'une femme qui reçoit son amant ?

Rien de tout cela n'est très clair. Je n'y comprends plus rien — si tant est que j'aie déjà compris quoi que ce soit à ce qui se trame dans cette maison. Qui en veut à qui ? Qui protège qui ? Quel jeu jouent-ils donc tous ?

La nuit n'avance pas. Je suis tellement agitée que mes draps traînent par terre. J'ai chaud, j'ai froid, je ne sais plus où j'en suis…

Je pense à cette porte toujours fermée à clé, à cet escalier que je n'ai jamais vu et dans lequel une nurse a trouvé la mort. Qu'y a-t-il dans ce sous-sol ?

J'ai l'impression que cette chambre a été construite au-dessus d'un lieu maudit qui interdit tout repos. L'angoisse et la fatigue forment un mélange pesant qui en même temps me terrasse et m'empêche de dormir.

Je me sens déchirée, dévastée, au bord du gouffre. Combien de temps cette sensation oppressante dure-t-elle ? J'ai peur que le jour n'arrive jamais… Je me sens simplement sombrer dans un abîme plus noir que la nuit.

J'essaie de me relaxer. Je m'allonge de tout mon long, bras détendus et paumes ouvertes, les yeux fermés. Je tente de faire le vide dans ma tête.

J'imagine les montagnes Rocheuses, en hiver, telles que je les vois de la fenêtre de ma chambre, à Calgary. Une longue série de dents éblouissantes mordant le bleu du ciel…

Des dents! Aussitôt, je revois la gueule du chien ouverte et souillée sur le tapis! Non, je ne dormirai pas.

Je me lève, j'erre dans la chambre, faisant les cent pas comme une prisonnière dans son cachot. Une fois de plus, pour chasser les images horribles qui me hantent, j'essaie de m'intéresser aux innombrables livres qui m'entourent.

Vieilles couvertures jaunies, vieille littérature. Je promène mon regard sur les rayonnages. Je ne reconnais aucun nom. Une littérature de morts… De celle qui plaît tant à Zach, me dis-je avec un faible sourire.

Tout à coup, le dos d'un volume attire mon attention. Un livre récent, jeune, propre, qui tranche sur les antiquités qui l'environnent. Ce bouquin n'a pas l'air d'être ici à sa place.

Machinalement, je l'extirpe de son carcan poussiéreux. Tiens donc, quelle surprise! Les poésies de Nelligan! Ce livre a-t-il appartenu à Dorothée? La jeune femme a-t-elle occupé cette même chambre lorsqu'elle vivait ici?

Une sensation de malaise mêlée d'une vive curiosité m'envahit subitement.

Je commence à parcourir fébrilement le léger volume. C'est tout un monde sombre et désespéré qui s'offre soudain à moi. *Le*

Vaisseau d'Or, La Belle Morte, Ruines... J'ai le cœur serré. J'en oublie presque ma situation présente.

Tout à coup, alors que je feuillette plus rapidement ces pages remplies d'une tristesse infinie, une feuille de papier pliée en quatre s'échappe du recueil et tombe sur le plancher.

Je me baisse pour la ramasser. Le papier est très beau, un peu bouffant. Je n'en ai jamais vu de semblable. Léger, vaporeux, on le dirait fabriqué avec des ailes de papillon... À la fois émue et intriguée, je déplie lentement le délicat feuillet.

Il s'agit d'une lettre manuscrite, composée d'une belle écriture, un peu enfantine peut-être. Une lettre inachevée, puisqu'elle comporte des ratures et n'est pas signée. Une lettre de la mystérieuse Dorothée?

Si c'est le cas, je peux la lire sans craindre de commettre une indiscrétion, puisque celle-ci n'est plus de ce monde. Sinon... Sinon quoi? Rien, en fait. Qui d'autre aurait pu laisser une lettre dans un livre qui, de toute évidence, n'appartient pas à cette maison?

Sans remords, je commence donc à lire. Le message est adressé à un jeune homme. L'amoureux de Dorothée, sans doute, vu le vocabulaire employé. «*Cher Stéphane*».

Rien qui me surprenne dans cette lettre. Dorothée — car je suis persuadée que c'est bien elle qui l'a écrite — décrit comme je l'ai ressentie moi-même l'atmosphère pesante qui règne ici.

Ce n'est pas la première fois qu'elle le fait, ainsi qu'elle le précise elle-même. Combien de fois s'est-elle plainte à son ami de cette maison ? Je la comprends, la pauvre. Inutile de poursuivre ma lecture, je ne ferai que cultiver mes propres inquiétudes.

Pourtant, au moment de replacer la lettre dans le livre, un mot, à la fin du texte, accroche mon regard. « *Sous-sol.* » Je reprends attentivement la lecture. Les dernières phrases de la lettre me donnent froid dans le dos :

Cette fois, j'en suis certaine. On me cache quelque chose dans cette maison. Quelque chose d'horrible qui se trouve au sous-sol, au-delà de cette porte toujours verrouillée. Je ne peux plus tenir. Mais je sais maintenant où Pierre cache la clé. Ce soir, j'irai la prendre, je descendrai cet escalier et j'en aurai enfin le cœur net. Tu sauras tout demain.

La peur, brusquement, me monte à la gorge. Mes jambes me soutiennent à peine.

Cette lettre, ainsi que les révélations qu'elle contient, n'est jamais parvenue à son destinataire. Dorothée est morte avant. Assassinée?

Elle a voulu percer le secret de cette maison infernale et elle a payé de sa vie sa curiosité. Elle a ouvert la porte, elle a descendu l'escalier... A-t-elle eu le temps de voir ce qui se trouve en bas? Probablement, puisqu'elle en est morte...

Mais qu'a-t-elle donc vu?

9

SEULE DANS LA MAISON

Comment j'ai fini par m'endormir, je n'en sais rien. Mais lorsque je me réveille, il fait grand jour. Mon lit est en désordre et je me sens plus fatiguée encore que la veille. Abrutie serait plus exact.

J'ai un goût amer dans la bouche et le cerveau en compote. Je jette un coup d'œil morne à la chambre, qui me semble tout à coup très ordinaire. Puis mes yeux tombent sur l'étagère sur laquelle j'ai trouvé les poésies de Nelligan.

Le petit livre se trouve sur le plancher, ouvert. Une feuille de papier à lettre dépasse d'entre les pages. Et toute l'horreur de la nuit me revient brusquement !

Je me souviens. Après la lecture de la lettre de Dorothée, j'ai laissé tomber le livre sur le sol et je suis allée me jeter sur mon lit. J'aurais voulu crier, appeler au secours, mais qui serait venu ? Je crois que j'ai pleuré, tout simplement, jusqu'à ce que la fatigue m'assomme pour de bon.

Peu à peu, j'émerge de mon abrutissement. J'essaie de faire le point. Nous sommes dimanche matin, la maison est silencieuse comme une tombe. Je regarde ma montre, il est onze heures. Dorment-ils encore ?

Je me lève doucement, comme si je craignais de faire craquer le plancher, et je vais à la porte, sur laquelle je plaque mon oreille.

Silence total. Pas le moindre cliquetis de tasses ou d'assiettes en provenance de la cuisine, pas le moindre grincement de sommier en provenance des chambres. Pas un ronflement… La maison semble morte.

Je retourne à mon lit, me demandant ce que cela signifie. J'ai l'impression de me retrouver sur un navire qu'ont déserté tous les marins, affolés par l'imminence d'une catastrophe. Même les rats les ont accompagnés…

Plus rien ne me paraît réel. La peur, le climat d'angoisse qui imprègne cette maison — qui m'imprègne moi-même jusqu'aux os — me paralysent complètement.

C'est aberrant, tout de même ! Je ne vais pas passer la journée ainsi à me ronger les sangs ! Je suis dépositaire d'un secret épouvantable, je ne peux pas rester ici sans réagir.

Mais que faire ? Appeler la police pour lui remettre la lettre de Dorothée ? Je sais que je vis dans un pays de délateurs, mais je n'ai jamais aimé ce rôle. Et puis, il s'agit de ma famille…

Ma famille ! Bien sûr ! Faut-il que je sois perturbée pour ne pas y avoir pensé immédiatement. Ce n'est pas la police que je dois appeler mais mes parents. Hier, déjà, j'aurais dû leur passer un coup de fil. Mais demander quelque chose à mon oncle Pierre me paraît tellement compliqué !

Puisque la maison semble vide, c'est peut-être l'occasion de téléphoner sans rien demander à personne.

Je me lève de nouveau et vais à la porte. Une fois encore, j'écoute attentivement, l'oreille plaquée sur le panneau de bois. Silence total.

J'ouvre la porte avec d'infinies précautions, passe ma tête dans le couloir. Toujours rien. Pourtant, ce silence me paraît plus menaçant que n'importe quel bruit. Je ne sais pas ce qu'il cache, quel danger, quelle atroce surprise…

Je m'engage toutefois dans le couloir, à pas lents, terrorisée à l'idée que le plancher se mette non pas à craquer sous moi mais à hurler… J'ai du mal à contrôler les battements de mon cœur.

Arrivée à l'intersection avec le couloir qui mène à la cuisine et à l'entrée, je m'arrête un moment pour reprendre mon souffle. Toutes les portes sont fermées. Comme d'habitude…

Je me remets en marche et passe rapidement devant la porte du sous-sol, tout en fermant les yeux à demi et en retenant ma respiration.

Ça y est. Je suis devant la cuisine. J'ouvre doucement. Personne, bien sûr. Sur la table se trouvent disposés tous les éléments pour un petit déjeuner qui semble n'attendre que moi.

Cette simplicité, cette quiétude apparente m'effraient d'autant plus. Peut-il y avoir quelque chose de normal pour moi dans cette maison, maintenant ? Tout me paraît piège, traquenard, traîtrise en puissance…

Je referme la porte et reviens en arrière, vers le salon. Celui-ci n'est pas fermé à clé. J'y pénètre sur la pointe des pieds. Les rideaux sont tirés et la pièce est assez sombre.

Style cossu, suant le confort et la réussite, ou du moins ce qu'on considérait sans doute comme tel il y a vingt, trente ou cinquante ans… Gros fauteuils, meubles lourds et tarabiscotés, tentures couleur caca… Et l'odeur, cette odeur froide des pièces dans lesquelles on n'entre presque jamais !

Je me demande ce qu'a été la vie de ma mère dans cette maison. Serais-je capable de quitter la mienne sans plus jamais donner de nouvelles à mes parents ? Ça me semble impensable. Son existence ici a-t-elle été un tel enfer qu'elle a dû tirer dessus un trait définitif ?

Jusqu'ici, je n'ai rien vu qui donne à penser qu'une jeune fille ou une jeune femme a habité cette maison. Pas la moindre photo, pas le moindre objet qui pourrait laisser penser que Bernice a eu une fille, que Pierre a eu une sœur…

Pas la moindre trace non plus de mon grand-père. On dirait que, de toute éternité, seuls ont vécu dans ces pièces sombres Bernice et Pierre. Pour ce qui est de Ghislaine, même si sa présence ici peut sembler très fortement établie, elle reste malgré tout une simple pièce rapportée.

En me laissant malgré moi influencer par le décor oppressant de ce salon, je crois comprendre pourquoi ma mère a un jour quitté cette maison pour n'y plus revenir.

Mais pourquoi ce silence pendant des années, pourquoi cette coupure abrupte ? Qui a vraiment coupé les ponts ? Je n'arrive pas à croire que cela vienne de maman, qui est la douceur même.

Pourtant, je me rappelle cette phrase prononcée par Bernice hier juste avant le dîner, phrase entrecoupée de sanglots à peine retenus : « Ma pauvre petite, je pensais bien que j'allais mourir sans jamais te connaître. » Comme si c'était maman elle-même qui avait refusé de me présenter à sa propre mère…

Je ne sais plus que penser. Quant à mon grand-père, pourquoi a-t-il disparu lui aussi ? La seule chose que ma mère m'ait dite à son sujet, il y a très longtemps, c'est qu'il était très gentil. Elle ne m'a rien dit de semblable à propos de Bernice.

Je commence à me demander quel genre de personne est vraiment ma grand-mère…

Je secoue la tête pour chasser ces idées qui m'enlèvent toute énergie. Après tout, on ne peut pas ressusciter le passé ni le modifier. Je suis là pour téléphoner, pas pour broyer du noir.

L'appareil est au fond, posé sur un guéridon, l'air parfaitement anachronique sur son napperon de dentelle. Je me précipite dessus comme un affamé sur un morceau de pain.

Il s'agit d'un de ces vieux appareils à cadran rotatif. Je suis tellement nerveuse que je dois m'y reprendre à deux fois pour composer le numéro correctement.

Enfin ça y est. Une sonnerie, deux, trois... Pas de réponse. Il est neuf heures à Calgary, ils devraient être levés. Ma mère en tout cas. Six. Déclic. C'est le répondeur qui se met en marche. La voix de ma mère, qui annonce d'un ton suave que je suis bien chez les Usher, et que je peux laisser un message... Ils ne sont pas là!

Je raccroche, puis, les larmes aux yeux, je recompose le numéro. Même réponse, bien sûr, mais je voulais tellement entendre ma mère de nouveau...

Où sont-ils? Où sont mes parents? À la montagne, sans doute. Et me voilà perdue ici, seule, sans ressources, prisonnière d'une maison qui dévore ses habitants et les digère sans même rejeter les os...

Tout à coup, je sursaute. Il m'a semblé entendre un bruit dans le couloir. Je me fige comme une statue. Le plancher craque. Je retiens mon souffle... Plus un bruit. Ai-je rêvé? Est-ce, une fois encore, un effet de ma peur? Ces vieilles baraques grincent pour un oui ou pour un non...

J'ose à peine respirer. Ça ne peut plus continuer comme ça. Je veux en avoir le cœur net. Je me rapproche de la porte, que j'avais laissée entrouverte. Je passe le nez dans le couloir. Tout est calme. J'ai dû me tromper…

Juste en face de moi, la porte donnant sur le mystérieux sous-sol. Malgré ma peur, elle m'attire comme un aimant. Je traverse le couloir, tends ma main vers la poignée. Verrouillée, bien sûr.

Je me remémore ce passage de la lettre de Dorothée: *«Je sais maintenant où Pierre cache la clé. Ce soir, j'irai la prendre…»*

Ces phrases donnent deux indications importantes auxquelles je n'avais pas réfléchi de prime abord. La première est que c'est bien Pierre qui exerce le contrôle dans cette maison; la seconde que la clé peut être n'importe où, sauf dans sa chambre.

Dans le cas contraire, en effet, Dorothée aurait tenté de la subtiliser dans la journée, lorsque mon oncle était absent ou occupé dans une autre pièce, mais surtout pas le soir quand il se retirait — de bonne heure! — dans sa chambre.

Cette clé, et tous les mystères auxquels elle donne accès, me paraît tout à coup à portée de main. Le couloir, la cuisine, le salon? La recherche pourrait prendre des heures, des jours dans une maison aussi encombrée de vieilleries et de vieux meubles.

La cachette doit pourtant être facilement accessible, tout en étant sûre. Je me demande quand même pourquoi elle ne se trouve pas dans la chambre de Pierre. Ce serait le plus simple pour lui. Quelle peut être la raison de cette étrange décision?

Pierre savait-il que Dorothée cherchait la fameuse clé? Il l'aurait alors cachée dans l'endroit le plus inattendu possible. Ailleurs, en tout cas, que dans sa chambre.

Je repense à un conte d'Edgar Poe — encore une lecture conseillée par Zach! — intitulé «*La Lettre volée*». Dans cette histoire, le narrateur recherche un document d'une extrême importance et dont tout ce qu'il sait est qu'il est caché dans une certaine maison.

Bien sûr, la maison a déjà été fouillée de fond en comble, chaque latte du plancher a été retournée, chaque meuble a été démonté, mais en vain. Où se trouve donc le fameux document?

Le héros en vient à la conclusion suivante: si la lettre tant convoitée n'apparaît nulle part, c'est qu'elle se trouve là où personne n'irait la chercher, c'est-à-dire non pas dans une cachette élaborée mais au contraire mise en évidence, au vu et au su du premier venu.

Bien entendu, il a raison et il découvre la lettre dépassant largement de la poche d'un sac lui-même accroché au mur de la façon la moins dissimulée.

Tout cela ne m'avance guère. Je ne suis pas détective et je n'aime pas les histoires policières. Et pourtant, l'envie de trouver cette clé me tenaille, je n'arrive plus à penser à autre chose.

Voyons, si je devais cacher quelque chose, quel serait le dernier endroit auquel je songerais ? Moi, évidemment, j'enfermerais l'objet au fond d'un tiroir. Enfantin, bien sûr. Ridicule !

Il faut chercher l'endroit le plus anodin de la maison, celui où l'on peut se trouver à tout moment sans avoir à justifier sa présence, celui où, dans une profusion d'objets de toutes sortes, le nôtre a le plus de chance de passer inaperçu. La cuisine ?

Sans attendre, je m'y précipite. Mais, aussitôt, l'ampleur de la tâche me saute aux yeux. Cette cuisine est un vrai capharnaüm. Devant chaque meuble, devant chaque tiroir, je me demande pourquoi ici plutôt qu'ailleurs.

Je fais le tour de la table, ouvre machinalement des tiroirs, retire des cuillères en bois de leur pot de grès, passe ma main sous les dessous-de-plat… C'est décourageant.

Non ce n'est pas la bonne méthode. Je ne dois pas fouiller mais réfléchir. Avec les ouvre-boîtes et les autres instruments de ce genre ? Non. Il ne faudrait pas trois jours à une personne vivant dans cette maison pour découvrir cette clé.

Une idée me vient. Qu'est-ce qui se trouve presque toujours dans une cuisine mais ne sert jamais ? Je promène mon regard sur les murs.

Je soupire. Des horreurs, il n'y a que ça, ici. Cette nature morte par exemple, accrochée au mur. Ai-je déjà vu quelque chose d'aussi laid ? Des fruits blets et des pots d'étain, un lapin à demi saigné, des couteaux…

Soudain, j'ai un frisson. De plaisir. Une clé ! Ce tableau représente aussi une clé ! Une clé à peine visible sur la table, entre le lapin et un pichet. Est-ce un signe ? Je me rends compte que le tableau n'est pas tout à fait droit. Tout excitée, je me dirige vers lui.

C'est à ce moment qu'un coup sourd résonne sur le mur, suivi d'un soupir. Je me liquéfie d'un seul coup. Cette fois, il n'y a pas de doute. Il y a quelqu'un dans le couloir !

On m'espionnait, c'est sûr! Affolée, je saisis un couteau qui traînait sur la table et je m'avance vers la porte, prête à frapper si on m'attaque...

10

BERNICE PARLE

Il y a un grincement, et puis plus rien. Est-ce qu'on m'a entendue approcher? J'avance encore. J'y suis... J'ouvre la porte d'un geste brusque.

Un cri! Un cri de peur, tout chiffonné, pitoyable...

Bernice! C'est ma grand-mère qui est là, au milieu du couloir, recroquevillée dans son fauteuil roulant, l'air complètement affolée.

— Mon Dieu, bredouille-t-elle en me dévisageant avec des yeux ronds. Que fais-tu avec ce couteau, ma petite fille? Tu ne veux pas m'assassiner, toi aussi?

Je suis rouge de honte. J'étais donc tellement obnubilée par la recherche de cette maudite clé que je ne l'ai pas entendue venir? Sans doute a-t-elle eu encore plus peur que moi.

Extrêmement gênée, je tente de dissimuler le couteau dans mon dos. Je bredouille:

— Je... je me croyais seule. J'ai entendu du bruit et je me suis demandé qui se trouvait dans le couloir. J'ai cru que... je ne sais pas ce que je croyais… Qu'on me surveillait, peut-être.

— Qu'on te surveillait? fait ma grand-mère en plissant les yeux. Mais qui t'aurait surveillée, et pourquoi donc?

Je ne sais plus quoi dire. Je me sens comme une petite fille qu'on vient de surprendre les doigts dans le pot de confiture. Ma grand-mère me regarde toujours.

La peur a disparu de son visage. Elle semble plutôt intriguée par ma présence saugrenue dans le couloir, un couteau à la main. Il y a de quoi! J'essaie maladroitement de me justifier.

— Je ne sais pas ce qui m'a pris. En me réveillant, j'ai eu l'impression de me retrouver seule, abandonnée. Je n'ai entendu personne. Le bruit dans le couloir… J'ai… j'ai paniqué.

— Nous sommes dimanche, dit calmement Bernice. Pierre et Ghislaine sont à la messe. Moi, je ne peux plus y aller, tu comprends, ajoute-t-elle en désignant ses jambes.

Je me sens soulagée.

— Je crois que j'ai eu aussi peur que toi, reprend ma grand-mère avec un sourire un peu forcé. Je ne me sens pas en sécurité ici, sous mon propre toit.

Le sourire a disparu aussi vite qu'il est venu. Les yeux perçants de la vieille dame sont fixés sur moi. Son regard me met vaguement mal à l'aise. Je voudrais la bombarder de questions, mais je ne sais pas comment m'y prendre.

— Allons dans ma chambre, dit-elle brusquement. Nous y serons plus à l'aise. J'ai des choses à te dire.

Actionnant elle-même ses roues avec une force que je ne soupçonnais pas, elle fait faire demi-tour à son fauteuil et se dirige vers le fond du couloir à une vitesse surprenante.

Je me sens ridicule tout à coup. Reprenant mes esprits, je la rattrape avant qu'elle ne tourne dans le couloir menant chez elle et je la dépasse afin de pouvoir lui ouvrir la porte.

Sans même s'arrêter ni dire un mot, elle entre vivement et va se placer près de son lit, dos à la fenêtre dont les épais rideaux sont tirés. La pénombre m'oppresse un peu. J'ai l'habitude des chambres lumineuses.

— Ferme la porte.

J'obéis.

— À clé.

J'obéis encore, puis je me retourne vers elle. Le fait d'être soudain enfermée dans ce lieu sombre avec cette étrange vieille dame n'arrange pas mon malaise.

L'attitude de Bernice ne m'aide pas beaucoup. De son regard d'aigle, elle me dévisage en silence. Je me sens toute déshabillée, vulnérable.

Une femme autoritaire, avait commenté mon père avant mon départ de Calgary. Oui, je m'en rends compte maintenant. Je n'ose pas affronter son regard ni rompre le silence. Cependant, s'il y a une victime dans cette maison, c'est bien elle. Du caractère, oui. Un caractère de fer.

— Je suis contente que tu sois venue, Bérénice.

J'esquisse un sourire en articulant un merci presque inaudible. J'ai l'impression que c'est la première fois que ma grand-mère m'appelle par mon prénom... Son visage, pourtant, reste de marbre.

— Je suis contente que tu sois venue, répète-t-elle d'une voix sourde. Je ne vis plus. Tout le monde m'abandonne. On m'a toujours abandonnée. Mon mari, ma fille... Je ne peux plus compter que sur moi-même.

J'avale péniblement ma salive. Cette allusion à ma mère me remplit de confusion. Je n'arrive toujours pas à croire que maman ait abandonné sa propre mère. Ça ne lui ressemble vraiment pas.

Pourtant, Bernice a l'air d'être disposée à parler. Je dois en profiter. Je vais peut-être enfin apprendre ce qui s'est passé ici il y a plus de quinze ans. Je vais peut-être enfin comprendre ce qui se trame dans cette maison.

— Pierre était le dernier à m'être resté fidèle, reprend ma grand-mère. C'est un bon fils. *C'était* un bon fils, devrais-je dire. Mais depuis que *l'autre* est là, tout a changé.

À la façon dont elle a prononcé « l'autre », je ressens toute la haine que Bernice porte à Ghislaine. Mais pour quelle raison cette dernière en veut-elle à ce point à ma grand-mère ? Si elle ne se sent pas bien ici, elle n'a qu'à faire comme les autres : partir. Si ce que m'a raconté la voisine est vrai, ce ne serait pas la première fois…

— Elle s'est introduite dans ma maison dans le but de me déposséder, continue Bernice, qui ne me regarde même plus. Elle sait y faire, la maudite garce ! Elle a commencé par embobiner ce pauvre Pierre, qui n'est dans le fond qu'un enfant sans défense. Et il s'est laissé prendre, le naïf. Elle le manipule comme un jouet, elle en fait ce qu'elle veut.

— Mais dans quel but?

— Dans quel but? Me tuer, voyons! M'assassiner! Me faire mourir à petit feu. Elle ne perd pas une occasion de m'humilier, de ruiner ma santé. Regarde ce qu'elle a fait à mon pauvre Marcelin! Elle me tuera, je te dis! Et quand Pierre sera resté seul, elle le cueillera comme une fleur pour le déposséder à son tour. Qui sait si elle ne le supprimera pas lui aussi, ensuite, pour mieux jouir de son héritage!

Je reste muette. Je ne sais même pas si ma grand-mère se rend compte que je suis là maintenant. Elle est totalement prise par son discours, elle laisse se répandre sa haine et sa peur sans retenue. Ses mains sont crispées sur ses accoudoirs, ses yeux durs fixent un point de l'espace perdu au milieu de la chambre.

En fait, elle ne m'a pas appris grand-chose. Je savais déjà plus ou moins ce qu'elle pensait de sa nurse.

Cependant, je me demande si ma grand-mère, aveuglée par son amour pour son fils, n'est pas en train de faire fausse route. Et puis, Pierre est-il vraiment le niais qu'elle veut bien croire?

Si ce n'est pas le cas, il faut reconnaître qu'il joue bien le jeu. Ma mère elle-même m'avait prévenue en me le présentant presque comme un demeuré n'ayant jamais été capable de couper le cordon ombilical.

Cependant, si j'en crois la lettre laissée par Dorothée, Pierre est loin d'être le nono que tout le monde pense. C'est lui le véritable maître de la maison, le détenteur des clés et des secrets…

Que Bernice ne se sente pas en sécurité dans sa propre demeure, je veux bien le croire. Mais je ne suis pas sûre que ce soit Ghislaine la vraie responsable.

La longue figure grise de mon oncle commence à m'intriguer pour de bon. Quel genre d'homme est-il donc ? Secret, taciturne à première vue. C'est léger.

Dès le premier jour, j'ai pensé que s'il ne parlait pas, c'est qu'il n'avait rien à dire. Un individu fade, mollement satisfait par sa petite vie, par son train-train quotidien, un homme entièrement conditionné par ses habitudes, un vieux garçon que le moindre imprévu plonge dans un profond dérangement.

Pourtant, Ghislaine a l'air de s'être sérieusement entichée de lui, puisqu'elle le reçoit la nuit dans sa chambre. Comment cette fille volontaire, dynamique, pleine d'énergie a-t-elle pu se laisser séduire par cet homme à l'allure de légume ?

Soit je ne comprends rien à l'amour, soit c'est Bernice qui a raison: la nurse a vu en Pierre un gogo facile à plumer et elle l'a mis dans son lit et dans sa poche pour régner à sa place dans la maison.

Mais qui l'a introduite ici? Apparemment, d'autres nurses se sont succédé auprès de ma grand-mère et toutes sont parties de leur plein gré, si j'en crois la voisine. Toutes, sauf Dorothée… Pour quelle raison les autres ont-elles démissionné? L'ombre maléfique de Pierre, encore…

Non, j'ai du mal à croire que Ghislaine soit cette intrigante que ma grand-mère me décrit. L'extrême naïveté de ses agissements ne correspond pas avec le machiavélisme que suppose son entreprise.

Je demande brusquement:

— Comment Ghislaine a-t-elle été recrutée?

— Ghislaine? fait Bernice avec stupéfaction, comme si elle ne s'attendait pas à cette question de ma part. Comme toutes les autres. C'est Pierre qui s'en occupe. Petites annonces, je présume.

— C'est gentil de sa part.

— Gentil? J'aurais préféré que ce soit lui-même qui prenne soin de moi, bien sûr. Mais s'occuper d'une vieille femme qui a déjà un pied dans la tombe… Il préfère que ce soit une autre qui le fasse.

— Oui, bien sûr, ce ne doit pas être toujours facile…

— Pas facile ! réplique sèchement ma grand-mère. Mais qu'est-ce qui est facile ? Se laisser vivre comme un éternel adolescent ? Se laisser manipuler par la première venue ? Tu verras, ma petite fille. Les hommes sont ainsi. Sans femme, ils sont perdus. Ils ne sont capables de faire que ce qu'on leur demande. Ils ne pensent pas, c'est nous qui pensons pour eux. Et ils suivent comme des petits chiens…

Les réflexions de Bernice me laissent perplexe. Oui, quand je le vois, je veux bien croire que Pierre ne pense guère et qu'il correspond tout à fait au portrait peu flatteur des hommes que vient de me faire sa propre mère. Mais qui le manipule vraiment, lui ?

Tout à coup, le claquement d'une porte retentit dans la maison. Le bruit vient de l'entrée.

— Les voilà, soupire ma grand-mère qui semble soudain être redevenue une infirme fragile et apeurée. Surtout, ne raconte rien de ce que je t'ai dit. Et fais attention à toi…

11

GHISLAINE

Le dîner se déroule comme d'habitude. Dans un silence glacial...

Chacun mange du bout des lèvres, osant à peine lever les yeux sur les autres convives. Ma grand-mère paraît une momie. Une ombre, ramassée dans son fauteuil roulant, incarnation de la misère et de la persécution...

Pierre, lui, est encore plus morne et renfermé que d'habitude, si cela est possible.

Je lui jette un coup d'œil à la dérobée. Son regard est toujours aussi fuyant. Il ne sait se fixer nulle part, comme si chaque objet lui était un reproche vivant qu'il serait incapable d'affronter. Lui aussi, on dirait qu'il vit dans une peur permanente.

Oui, mon oncle est un faible. Incapable d'assumer ses propres actes. C'est ce que me disent ses yeux vides, hagards, sans cesse mouvants. Je l'aurais même cru incapable d'agir. Cependant, il a tué de sang-froid le chien de sa propre mère.

Je n'en reviens pas, en le voyant ainsi, si pitoyable, si… méprisable. Comment a-t-il pu en arriver à commettre cette lâcheté ? Il m'est encore plus difficile d'imaginer comment il a pu supprimer aussi froidement Dorothée dans l'escalier du sous-sol.

J'en viens à me demander s'il n'est pas affligé d'une de ces maladies que je ne croyais exister que dans les romans. Schizophrénie, dédoublement de personnalité, que sais-je ?

Mon oncle est-il capable de se transformer en un autre personnage, calculateur et meurtrier ? Une sorte de Mr. Hyde… Un fou. Un malade… J'en ai froid dans le dos.

Bernice ne se sent pas en sécurité dans sa propre maison. Eh bien ! moi non plus !

De temps en temps, j'essaie également d'observer Ghislaine. Ce n'est pas facile.

Elle-même semble examiner chacun de nous sans en avoir l'air.

Cette jeune femme me pose le même problème que mon oncle. Je ne parviens pas à me faire une idée précise de sa personnalité, du rôle qu'elle joue véritablement dans cette maison.

En ce qui concerne le chien, je la crois hors de cause. Mais est-elle aussi innocente que je veux bien le croire ? Sa façon de traiter ma grand-mère me semble bien cavalière, pour ne pas dire insultante. Tout cela sous les yeux de Pierre, qui ne dit rien.

En a-t-elle réellement fait son jouet, son petit chien, comme le prétend Bernice, obéissant à ses quatre volontés ? Est-ce elle qui tire vraiment les ficelles tout en affectant un air intègre et en faisant agir ce pauvre Pierre à sa place ?

J'ai du mal à le croire. Après tout, le moindre mystère de cette maison n'est pas la disparition douteuse de Dorothée. Or, à cette époque, Ghislaine n'était pas encore ici. Non, décidément, c'est bien mon oncle qui est le vrai mystère dans cette demeure effrayante.

Mais qui suis-je pour lutter contre lui ? Quand bien même je découvrirais la cachette de la clé, oserais-je descendre au sous-sol pour savoir ce qu'il y cache ? J'en doute.

Jamais je ne pourrai m'aventurer seule dans cette cave. La peur irraisonnée d'y découvrir, comme dans ces contes qui me faisaient tellement peur dans mon enfance, toute une série de femmes étranglées et pendues dans un long placard dégouttant de sang. Les cadavres des nurses disparues...

Pierre, Barbe-Bleue ? Je secoue la tête. Je deviens folle, ma parole !

J'ai besoin de trouver un appui. De nouveau, je regarde Ghislaine. Non que j'aie jamais vu de la tendresse dans ses yeux en présence de Pierre, mais, jusqu'à présent, elle me paraissait à tout le moins pleine d'une certaine indulgence à son égard.

Là, pourtant, je décèle davantage dans son regard une interrogation, un doute. Pour ne pas dire plus. Dans le courant de la nuit, après que je l'ai laissée dans la cuisine avec ses tisanes, elle a eu une discussion houleuse avec Pierre. J'ai nettement entendu leurs éclats de voix. Ghislaine n'était pas la moins véhémente.

Peut-être à ce moment-là mon oncle lui est-il apparu sous son vrai jour? Un être capable — sous ses dehors inoffensifs — de tuer froidement une pauvre bête. Peut-être a-t-elle commencé à comprendre dans quel nœud de vipères elle était tombée?

Dans ce cas, Ghislaine pourrait devenir une alliée. Je ne vois pas d'autre solution pour le moment. Je dois lui montrer la lettre de Dorothée.

Le repas terminé, Pierre se place derrière le fauteuil de sa mère pour le pousser lui-même. D'habitude, pour autant que j'aie pu en juger, cette tâche est dévolue à Ghislaine.

Je crois déceler un léger sourire sur le visage de Bernice.

Ghislaine, pour sa part, semble assez étonnée par ce changement. Elle les regarde partir, passer la porte, disparaître dans le couloir. L'air plutôt incrédule. Puis elle hausse les épaules et commence à débarrasser la table.

Je m'approche d'elle.

— Je vais vous aider, dis-je en joignant le geste à la parole.

— C'est gentil de votre part, me répond-elle avec un sourire fatigué, mais ce n'est pas la peine.

— J'insiste. Et puis... je voudrais vous parler. Et aussi vous montrer quelque chose.

Ghislaine s'immobilise, interloquée, une pile d'assiettes sales dans les mains.

Je crois que, pour la première fois depuis mon arrivée dans cette maison, la nurse me regarde comme si j'étais une vraie personne. Qu'étais-je donc pour elle auparavant ? La digne nièce de mon oncle ? Une jeune idiote sans cervelle ?

Non, je ne pense pas. Elle n'avait aucune raison de s'intéresser à moi, c'est tout. Mais là, j'imagine qu'elle se pose assez de questions sur ce qui se passe ici pour que ma proposition l'intrigue.

— Eh bien, allez-y, reprend Ghislaine, voyant que je n'ai pas bougé d'un cheveu. Que voulez-vous me montrer de si mystérieux ?

J'hésite encore. Si, malgré ce que je crois, elle est tout de même de mèche avec Pierre, je deviendrai un témoin gênant de ce qui s'est passé au sous-sol il y a quelques mois. Je ne sais pas ce qui m'attendra alors, mais je serai en danger. Je n'aurai plus qu'à m'enfuir d'ici.

Pourtant, en dépit de ses manières un peu brusques, mon instinct me pousse à lui faire confiance. Je me jette à l'eau. Je respire un grand coup et je déclare :

— Une lettre. Une simple lettre. Elle est dans ma chambre.

Difficile de lire dans les pensées de Ghislaine. Elle me regarde sans ciller. Est-elle déçue ? Attendait-elle quelque chose de plus extraordinaire ? Ou bien est-elle, au contraire, encore plus intriguée ?

Je ne ressens pas chez elle ce vide impénétrable qui semble être la nature profonde de mon oncle. Au contraire, elle me semble tout agitée de sentiments contradictoires, qu'elle maîtrise par une sorte de pudeur.

— Alors allons-y, dit-elle d'une voix ferme en déposant ses assiettes sur la table.

La gorge nouée, je sors de la cuisine et, à pas feutrés, je me dirige rapidement vers ma chambre.

Le couloir est désert. Au moment où je tourne vers la gauche en direction de ma porte, il me semble entendre des chuchotements provenant de chez Bernice. Pierre doit être resté avec elle.

Tout en ouvrant ma porte, le plus silencieusement possible, je remarque que Ghislaine, elle aussi, a évité de faire le moindre bruit en me suivant.

Nous entrons. Je referme la porte. À clé. Je m'avance vers l'étagère de livres où se trouvent les poésies de Nelligan. Je tends la main pour saisir le livre, puis j'arrête mon mouvement. Je me retourne vers Ghislaine et je lui demande brusquement:

— Au fait, avez-vous connu Dorothée?

— Non, réplique-t-elle sans hésitation. Vous voulez parler de la nurse qui m'a précédée ici, je suppose. Elle a eu un accident. On m'en a très peu parlé.

— Vous ne savez donc rien au sujet de cet accident?

— Non, si ce n'est qu'il a eu lieu alors que Dorothée se rendait au sous-sol. C'est pour cette raison que la porte en est fermée depuis, selon ce que m'a dit Pierre. Mauvais souvenirs, sans doute. Moi-même, je n'aime pas les sous-sols et je ne me suis jamais plainte de ce que son accès soit interdit.

— Personne n'y va donc jamais?

— Oui, Pierre, quelquefois.

— Mais que va-t-il y faire?

— Je ne sais pas, répond Ghislaine un peu sèchement. Pierre est chez lui et je ne suis pas sa mère.

— Et savez-vous où se trouve la clé?

— Pas le moins du monde, et je n'ai jamais cherché à le savoir. Je vous l'ai dit: je n'aime pas les caves.

Cette insistance à propos de son aversion pour les sous-sols m'intrigue. Est-elle sincère ou est-ce un avertissement qui m'est destiné? Non, une fois encore, j'interprète de travers. Si Ghislaine avait l'intention de me piéger, elle me laisserait parler jusqu'au bout pour mieux me confondre.

— Vous avez raison de ne pas les aimer, dis-je alors. Et vous n'êtes pas la seule. Les caves peuvent tuer…

Puis, achevant mon geste, je prends le livre sur l'étagère. Nerveuse, je le garde longtemps dans ma main crispée.

Réprimant un petit rire ironique, Ghislaine laisse tomber:

— Les poésies de Nelligan! C'était donc ça, le grand mystère! Bah! pourquoi pas, après tout. Je n'ai jamais eu le temps de m'occuper de poésie. J'ai peut-être eu tort, dans le fond, mais j'ai dû travailler très tôt pour gagner ma vie. Dommage…

La jeune femme hausse les épaules avec un sourire amer et se prépare à repartir. Tout à coup, je comprends. Elle s'est méprise sur mon intention. Elle a vraiment cru que, étrangère à cette ambiance de mort qui a envahi la maison, je ne songeais qu'à lui montrer des poèmes!

Elle me prend probablement pour une jeune idiote romantique élevée dans la soie. C'est de ma faute. À la fois confuse et vexée, j'ouvre rapidement le livre et en extrais la fameuse lettre.

— Nelligan, ce sera pour une autre fois, dis-je en essayant d'adopter son ton moqueur. Ce que je voulais vous montrer n'est sans doute pas aussi beau, mais je pense que ça vous intéressera davantage.

Ghislaine cesse de sourire. Lentement, elle prend la lettre que je lui tends et en commence la lecture. Au fur et à mesure que celle-ci avance, son visage s'assombrit de plus en plus.

À la fin, je m'aperçois que ses mains tremblent. Toute trace d'ironie a disparu. La nurse semble bouleversée. Ses bras retombent lentement le long de son corps, puis elle balbutie d'une voix étranglée :

— Mon Dieu ! Alors c'était donc vrai…

12

LA CLÉ

Ghislaine va s'asseoir sur mon lit et elle y reste un long moment, muette et immobile. Son visage, habituellement rose, est blême.

Enfin, elle secoue la tête, émerge de ses pensées et me demande:

— Quand as-tu découvert cette lettre?

Sans doute est-ce l'émotion: je remarque que Ghislaine me tutoie maintenant.

— Cette nuit même, dis-je. Après que je t'ai laissée seule dans la cuisine.

Je la tutoie également, comme si, tout à coup, elle était devenue une amie. Elle semble bouleversée.

— Je ne comprends pas, murmure-t-elle. Bien sûr, j'ai entendu ces ragots au sujet de la mort de Dorothée, mais je ne leur ai jamais accordé foi. Et puis, dans le fond, cette lettre ne prouve rien par elle-même. Elle nous dit que Dorothée est descendue au sous-sol, pas que Pierre l'y a poussée.

— Non, bien sûr. Mais le fait est que Dorothée a vu à la cave quelque chose qu'elle n'aurait jamais dû voir. De là à penser que Pierre…

— J'ai vraiment du mal à croire une chose pareille, fait la nurse en secouant la tête. Pierre est un être très secret, bien sûr, mais je le crois surtout fragile. Lorsque je suis arrivée ici, en réponse à une petite annonce, j'ai vite compris qu'il s'agissait d'un homme faible, brisé par une mère abusive.

Au début, il me faisait presque pitié. Je regrette de te dire ça aussi crûment, Bérénice, mais ta grand-mère est une femme absolument abominable. Elle traite son fils moins bien que son chien. Et pas lui seulement. La valse des nurses qui m'ont précédée n'a rien d'étonnant.

— Il faut la comprendre. Une vieille femme marquée par la vie, abandonnée par son mari…

— Je respecte ton point de vue, Bérénice. Après tout, c'est ta grand-mère. Mais moi qui la côtoie depuis des mois, je peux te dire qu'elle ne rend pas la vie facile à ceux qui l'entourent, même quand ceux-ci sont là pour l'aider. Bernice fait systématiquement tout ce qu'elle peut pour se rendre haïssable auprès de moi. Jamais contente, jamais un merci, toujours à se plaindre. Pour un oui ou pour un non, elle se met à hurler sans raison apparente, dans le seul but, dirait-on, de mettre tout le monde sur les nerfs.

Chaque fois que j'ai essayé d'être aimable, j'ai été payée par un coup de pied. Et le pire, c'est que dans mon dos elle raconte n'importe quoi à Pierre pour me faire passer pour une voleuse ou une tortionnaire. J'avoue qu'il m'arrive de perdre patience.

— Tu es restée ici, pourtant.

Ghislaine sourit faiblement.

— Je pense que je suis restée pour Pierre, dit-elle. Nos premiers contacts ont été assez étranges, je dois l'avouer. Il me paraissait froid, inconsistant, totalement inféodé à sa mère qui passait pourtant son temps à crier après lui. Ensuite, j'ai appris à le connaître un peu mieux. Enfin, c'est ce que je pensais.

Avec moi, il semblait se libérer un peu, se détendre. Je percevais en lui un profond mystère qui m'émouvait, me séduisait. Peu à peu il s'est mis à me parler, à se confier, révélant un homme maladivement timide mais délicat, rêveur. Un homme meurtri surtout, qui s'était laissé vider de sa substance par sa propre mère.

Et puis, lorsqu'il ne subit plus l'emprise de sa mère, Pierre peut se révéler un homme plein d'attention et de douceur.

Le discours de Ghislaine me laisse perplexe. Ma grand-mère passant subitement du statut de victime à celui de tyran domestique, tandis que Pierre, de manipulateur ténébreux, devient lui-même victime, cela me semble difficile à avaler.

Pourtant, si ma propre mère a quitté sa maison et sa famille pour ne plus jamais la revoir, c'est sans doute parce qu'il y a du vrai dans ce que dit Ghislaine. Après tout, maman ne m'a jamais donné d'explication sur son départ.

Quant à mon grand-père, a-t-il disparu pour aller courir la prétentaine, comme on me l'a plus ou moins laissé supposer, ou bien lui aussi n'en pouvait-il plus de cette maison ? Je ne le saurai sans doute jamais.

— Il y a tout de même un peu trop de mystère dans cette famille, dis-je après un silence. Trop de secrets. Mon oncle ne me semble pas très clair. Que cache-t-il à la cave et pourquoi ? Pourquoi la simple évocation d'une visite de la police le met-elle dans tous ses états ? Et le chien ? Si ce n'est pas toi qui l'as empoisonné, ce ne peut être que lui, non ?

Ghislaine hoche la tête, dubitative.

— Oui, répond-elle d'une voix lasse. Nous avons d'ailleurs eu une discussion orageuse cette nuit sur ce sujet. Pierre a farouchement nié avoir fait absorber quoi que ce soit au chien. Au contraire, il suit sa mère et m'accuse à son tour. Je ne comprends pas. Je ne comprends plus…

Je ne comprends pas davantage. Qui croire ? Ghislaine a l'air sincère. Cependant, même si elle ne ment pas, elle peut très bien avoir été trompée par mon oncle. Son apparente gentillesse peut très bien n'être qu'un masque.

L'idée d'un homme pourvu de deux personnalités différentes me revient. « Mon frère est un peu bizarre », m'a dit ma mère d'une façon très évasive avant mon départ de Calgary. Qu'entendait-elle exactement par là ?

Tout est flou. J'ai l'impression de n'avoir aucune prise sur la réalité, comme si un brouillard épais noyait la maison et ses habitants. Ghislaine, pour sa part, semble complètement désorientée. Elle non plus n'a pas l'air de savoir à qui accorder sa confiance.

Une certitude se dégage de ces ténèbres. Cette vieille demeure cache dans ses entrailles un secret dont seul mon oncle semble détenir la clé. Tous les mystères de cette maison tournent autour de celui-là.

Je ne vois qu'une solution : il faut trouver la clé. Il faut descendre au sous-sol ! Je ne suis plus seule maintenant. Accompagnée, j'en aurai le courage.

Après une dernière hésitation — car malgré tout, je suis terrorisée par l'idée de ce que nous allons peut-être découvrir —, je fais part de ma décision à Ghislaine et je lui explique comment je pense avoir découvert la cachette de la clé.

La jeune femme me regarde avec étonnement avant de répondre, puis elle hoche la tête et déclare calmement :

— Allons voir ça.

Silencieusement, nous sommes revenues à la cuisine. Je lui ai montré la nature morte accrochée au mur.

— J'ai toujours détesté cette horreur, me dit-elle avec un sourire crispé.

Sans répondre, je m'approche du mur et déplace le cadre sur le côté. Je ne peux étouffer un cri. L'affreux tableau recouvre une petite cavité dans laquelle se trouve une clé !

Ghislaine s'approche à son tour et considère attentivement l'objet. Je l'entends chuchoter :

— Tu avais raison.

Malgré ma peur, je me sens profondément excitée.

— Alors, que faisons-nous?

— Rien pour l'instant, répond-elle avec un calme qui m'impressionne. C'est trop risqué, Pierre peut apparaître d'un moment à l'autre. Il est très silencieux. Nous irons cette nuit. Je viendrai te chercher dans ta chambre.

J'ai passé un après-midi infect. Ne pouvant plus supporter d'être enfermée dans ma chambre, n'ayant pas non plus envie de croiser mon oncle ou ma grand-mère, je suis discrètement sortie de la maison et me suis promenée au hasard.

J'ai erré pendant des heures, perdue dans mes pensées. Je me souviens d'avoir longé la rivière Richelieu pendant un bon moment, sur ce long chemin gazonné qu'on appelle la «bande du canal».

Au retour, en fin d'après-midi, je n'ai pas osé rentrer directement. J'ai fait le tour de la maison, je me suis enfoncée dans le jardin.

Tout au fond, derrière les arbres, je suis tombée sur un léger monticule de terre fraîchement remuée. La dernière demeure de ce pauvre Marcelin…

Puis je suis revenue vers la maison. Je me suis arrêtée un instant devant les demi-fenêtres obscures donnant sur le sous-sol. J'ai eu l'impression fugitive que ces ouvertures aveugles étaient des bouches qui me soufflaient leur haleine glaciale au visage.

Je me suis rapidement éloignée, me demandant dans quoi j'allais me lancer, dans quelle aventure insensée j'allais me perdre.

En passant devant les fenêtres de la cuisine, j'ai entendu du bruit. Ghislaine, sans doute. Je suis entrée et l'ai rejointe directement. La table était déjà mise.

Pierre est arrivé quelques minutes plus tard et Ghislaine est allée chercher Bernice. Le repas a été plus sinistre que jamais. Je ne parvenais pas à avaler la moindre bouchée. J'ai prétexté un vague malaise pour me retirer dans ma chambre. Personne n'a fait le moindre commentaire.

L'attente, à partir de ce moment, a été absolument insupportable. Je ne sais pas comment j'ai pu rester dans ma chambre sans devenir folle. Le moindre bruit dans le couloir faisait bondir mon cœur.

Mon état de nerfs était pitoyable. Finalement, la fatigue a eu raison de moi et je me suis endormie tout habillée. C'est un contact froid sur mon front qui m'a tirée de mon sommeil. Je me suis redressée brusquement.

J'ai dû me mordre les lèvres pour ne pas hurler.

— Silence ! a sifflé une ombre penchée sur moi en me broyant le bras. Tu vas réveiller tout le monde. C'est le moment. Allons-y.

Encore à moitié abrutie, je me suis assise sur le bord du lit. Toute mon assurance avait disparu.

— Je ne peux pas, ai-je murmuré. J'ai trop peur…

— Alors j'irai sans toi, a déclaré froidement Ghislaine en faisant mine de partir.

Mais la peur de rester seule a été la plus forte. Agrippant son bras, je l'ai suppliée de ne pas me laisser et, finalement, je l'ai suivie.

Voilà où j'en suis maintenant, plus morte que vive, tremblant de la tête aux pieds dans ce couloir sombre, pieds nus pour ne pas faire de bruit sur le plancher.

Devant nous, la porte de la cave. Un gargouillis monte de mon ventre.

Je me rapproche de Ghislaine jusqu'à me coller sur elle. Dans sa main droite, elle tient fermement un objet qu'elle me montre.

— J'ai la clé, dit-elle dans un souffle. Descendons.

Il me semble que cela fait un bruit d'enfer lorsque Ghislaine l'introduit dans la serrure. Un bruit à réveiller les morts !

13

DANS LA CAVE

Nous demeurons un long moment immobiles, figées plutôt, l'oreille aux aguets.

Le silence est presque insoutenable. Enfin, Ghislaine ouvre la porte, tout doucement. À notre grand étonnement, celle-ci n'émet pas un grincement, pas un craquement. Les gonds sont parfaitement huilés.

L'escalier s'enfonce dans les ténèbres. On dirait la gueule d'un monstre de la mythologie (ne me demandez pas laquelle !). Ghislaine exhale un profond soupir et fait un pas en avant. Puis un deuxième... Elle disparaît complètement, avalée d'un seul coup par la bouche d'ombre.

Je me retrouve seule ! Affolée, je me précipite à mon tour et je lui rentre aussitôt dans le dos, manquant de la faire tomber.

— Fais attention ! souffle-t-elle. Je ne tiens pas à finir comme Dorothée !

C'est tout ce qu'elle trouve à dire ? Mon cœur fait des bonds désordonnés et mes jambes ne me portent plus. La peur m'a vidée de toute volonté, de toute possibilité de réfléchir. Je m'adosse contre le mur pour ne pas tomber. Je voudrais que tout ceci ne soit qu'un rêve. Je voudrais me réveiller…

— Ne bouge plus, commande Ghislaine.

Ça ne risque pas ! Plaquée contre le mur, les cuisses en coton, je la sens me frôler en remontant les marches. Elle a raison. Nous sommes folles, il faut partir d'ici et retourner dans nos chambres ! Oublier ce cauchemar !

Non, ce n'est pas ça. Nous ne rentrons pas ! Ghislaine a simplement voulu refermer la porte…

Un claquement léger. L'obscurité est maintenant totale. J'essaie de respirer profondément pour calmer mon rythme cardiaque.

Ghislaine repasse devant moi. Son parfum fugace… J'oublie pour un instant l'odeur fade de ce sous-sol qui m'a frappée en entrant. Une odeur du passé, une odeur de vieillesse. Une odeur de mort…

Instinctivement, je tends la main pour la toucher, pour ne pas me sentir perdue dans ces ténèbres menaçantes. Ma main atteint l'épaule, qu'elle agrippe fiévreusement.

— Calme-toi, murmure la jeune femme. Je vais allumer, tu te sentiras mieux.

Je devine plus que je ne sens ses mouvements. Elle saisit un objet accroché à sa ceinture. J'entends un déclic. Un violent faisceau de lumière jaillit devant moi, éblouissant. Une lampe torche! Ghislaine a tout prévu.

Elle éclaire l'escalier. Celui-ci s'enfonce tout droit dans le noir, puis fait un coude brusque. Je ne décolle pas de mon mur. Je pense à Dorothée. Je me demande à quel endroit elle est tombée, à quel endroit on l'a retrouvée. Pierre l'a-t-il vraiment poussée?

Peut-être n'est-elle jamais tombée, au fait... Qui a pu vérifier la thèse de l'accident? Il n'y a pas eu de témoin. La nurse a très bien pu avoir le temps de pénétrer dans le sous-sol, de trouver ce qu'elle y cherchait et de rencontrer son assassin sur le chemin du retour. Personne ne sait ce qui s'est passé ici. Sauf Pierre...

C'est cette incertitude qui me ronge, plus que tout le reste. Pétrifiée sur cette marche d'escalier, j'en viens à me demander si je n'ai pas tout inventé.

Pourtant non. Cet escalier, si raide soit-il, ne présente rien de dangereux. Les marches sont droites et semblent solides, il y a une rampe...

— Allez, ne traînons pas, fait Ghislaine, me tirant brusquement de ma rêverie.

Sans m'attendre, elle entame la descente. Je lui emboîte aussitôt le pas. Pour rien au monde je ne resterais seule…

— Nous aurions peut-être dû fermer à clé, dis-je d'une voix faible. Pour plus de sécurité.

— Je n'aime guère me sentir enfermée, réplique Ghislaine. Et d'ailleurs, ça ne changerait pas grand-chose. Qu'on nous trouve ici ou qu'on nous attende là-haut…

Elle a sans doute raison. Mais la raison, en ce moment, m'a complètement abandonnée. J'admire le sang-froid de Ghislaine.

Enfin, nous voici en bas. Ghislaine balaie l'espace de sa lampe. L'endroit me paraît immense, d'autant plus que l'étroit faisceau lumineux de la torche électrique ne peut en révéler que des lambeaux.

Vu la situation de la porte donnant sur l'escalier au rez-de-chaussée, je suppose que nous nous trouvons au centre du sous-sol, juste sous le couloir menant à l'entrée de la maison.

Mais, à la différence de l'étage supérieur, l'espace ici n'est pas divisé en pièces distinctes. On dirait plutôt une sorte de vaste dépôt où tout est empilé en vrac. Tout un amoncellement de vieilleries, de malles, de caisses, d'objets que je ne parviens pas à identifier.

Une sorte de sentier circulaire permet de se déplacer dans ce labyrinthe. Ghislaine hésite un instant, puis se décide pour la droite. Elle avance prudemment, éclairant de tous côtés cet incroyable bric-à-brac.

C'est toute une vie qui est enterrée là, une vie oubliée, une vie dont on n'a plus voulu là-haut. Machinalement, je recherche ce qui pourrait avoir appartenu à ma mère.

Ghislaine, cependant, ne me laisse guère le temps de m'appesantir. Elle avance lentement mais sans s'arrêter, fouillant sans cesse du regard cette caverne d'Ali Baba.

— Si au moins nous avions une idée de ce que nous cherchons, grommelle-t-elle. Nous ne savons même pas si c'est gros ou petit! Si ce sont des documents, imagines-tu le temps qu'il nous faudra pour les découvrir? Il faudrait y passer des nuits entières, à tout retourner, tout inspecter…

Revenir ici? Non, cette seule idée me rend malade. Ce lieu respire l'angoisse, il m'étouffe, m'effraie, me paralyse. Je voudrais déjà ne plus y être! Tant pis pour le mystère qui s'y cache. Quel mystère, d'ailleurs? Je suis découragée.

Mais Ghislaine ne semble pas décidée à laisser tomber aussi vite.

— Il doit bien y avoir un indice, un détail qui nous mettrait sur la voie, reprend-elle. C'est ta famille, Bérénice. Vois-tu quelque chose qui te semble étrange, incongru ?

Ma famille ! Mais je ne la connais pas, ma famille. Pas celle-ci, en tout cas. Quant à ce qui me semble étrange ou incongru, je n'ai que l'embarras du choix. Rien ne me paraît normal, ici...

Ghislaine n'attend pas ma réponse. Elle avance toujours dans ce fatras indescriptible, dirigeant sa lampe de tous côtés, tandis que je la suis comme son ombre.

Tout à coup, le cône de lumière s'arrête sur un meuble massif. Le seul meuble véritable du sous-sol, où tout est empilé à même le sol ou sur des étagères surchargées. Une énorme armoire comme il ne s'en fabrique certainement plus depuis des années. Une véritable antiquité.

Ghislaine s'immobilise.

— C'est peut-être là, murmure-t-elle d'une voix tremblante. Allons voir.

Elle a à peine terminé sa phrase qu'un craquement me fait dresser les cheveux sur la tête. Cela vient de l'étage supérieur.

Je lui agrippe le bras si fort que j'y plante mes ongles.

— Tu as entendu ? On marche là-haut.

Ghislaine me fait signe de me taire et écoute attentivement. Le bruit a cessé.

— Cette maison craque tout le temps, chuchote-t-elle. Ce n'est peut-être qu'une fausse alerte. Et puis, quelque chose me dit que nous touchons au but. Faisons vite.

Ghislaine est plus nerveuse qu'elle ne veut bien le montrer. Fébrilement, elle se dirige vers l'armoire, dont l'accès est bien dégagé. Elle tend la main vers la porte. Malheureusement, celle-ci est fermée par un cadenas.

— Tonnerre ! souffle-t-elle. C'est là, j'en suis sûre. Ce cadenas est un signe. Si seulement nous en avions la clé ! Où a-t-il bien pu la cacher ?

Sans même réfléchir, je lance :

— Sur l'armoire !

Toujours la technique de *La Lettre volée.* La cachette la plus simple, la plus anodine possible, la plus éculée...

Ghislaine passe sa main sur le sommet de l'énorme meuble.

— Incroyable ! fait-elle en retirant sa main. Tu as raison.

Triomphalement, elle se retourne vers moi. Entre le pouce et l'index, elle tient une petite clé brillante.

— Ouvre ! fais-je, le cœur battant à se rompre.

— Tiens-moi la lampe, ordonne-t-elle en me la mettant d'office dans la main.

Je la saisis et dirige la lumière vers le cadenas, qu'elle déverrouille aussitôt. Puis, d'un geste brusque, elle écarte en grand les deux battants.

Je suis incapable de réprimer un hurlement de terreur. Quelle horreur ! Le spectacle qui s'offre à nous est absolument abominable. Vision d'enfer, vision de cauchemar ! Comment une telle chose est-elle possible ?

Là, à quelques centimètres à peine de mon visage, semblant me regarder de ses yeux morts, un vieillard d'une effrayante maigreur est attaché sur une chaise !

Un vieillard ? Non. Un cadavre ! Une momie plutôt !

Tout à coup, un détail me saute aux yeux, encore plus macabre que l'affreuse découverte que nous venons de faire. Malgré l'état d'extrême dessiccation de la peau tendue sur les os comme du parchemin, le visage de la momie me semble familier…

Je ne peux plus retenir mes larmes. Je crois que j'ai compris! Ce vieil homme, figé pour l'éternité dans cette armoire, n'est autre que mon grand-père!

Mon grand-père soi-disant disparu, desséché, fossilisé! Enfermé depuis une quinzaine d'années dans ce caveau oublié!

Ghislaine, à mes côtés, est muette de stupeur. Les yeux écarquillés, la bouche ouverte, elle contemple l'horrible spectacle sans prononcer un mot.

C'est alors que le bruit recommence là-haut. Mais ce n'est plus seulement un craquement de bois qui travaille. Des pas précipités retentissent dans le couloir. La porte est ouverte violemment. Un appel:

— Qui est là?

Ni Ghislaine ni moi ne pouvons bouger, paralysées que nous sommes par l'épouvante.

Les pas reprennent, descendent l'escalier. Je sens que je vais m'évanouir. Je prends la main de Ghislaine, qui se referme sur la mienne avec force.

Alors, du haut de l'escalier, nous parvient un cri strident, un cri de haine si aigu et si violent que j'ai du mal à reconnaître la voix de ma grand-mère:

— Tue-la, Pierre ! Tue-la, la chienne ! Tue-la comme l'autre !

C'en est trop. Je m'écroule comme une pierre.

14

SECRETS DE FAMILLE

Trois jours. Trois jours que je n'étais pas sortie de ma chambre.

Je parle de ma vraie chambre, dans ma maison de Calgary, celle d'où je peux contempler les montagnes Rocheuses depuis ma fenêtre. Les cimes sont encore enneigées. Cette blancheur qui se découpe sur le bleu vif du ciel m'apporte beaucoup de calme.

Zach est venu me voir et nous nous sommes installés dans le jardin malgré le temps frais. Il me regarde avec un mélange d'effroi et d'envie, comme s'il pensait: « Il t'est donc arrivé quelque chose, à toi aussi. »

Je viens en effet de lui faire le récit de mon voyage à Montréal. Enfin, à Saint-Jean-sur-Richelieu. Montréal ? La finale d'orthographe ? Rien. Pas vu la ville, pas participé au concours…

Dès le lundi, après cette atroce nuit du dimanche, ma mère est arrivée en catastrophe par le premier avion, à la suite de l'appel de la police. Elle m'a rejointe à l'hôtel où

Ghislaine, d'un commun accord avec les policiers, m'avait réservé une chambre.

Tout s'est passé très vite. Mon dernier souvenir, c'est ce hurlement abominable que Bernice a poussé du haut de l'escalier : « Tue-la, Pierre ! Tue-la, la chienne ! Tue-la comme l'autre ! » Après cela, le trou noir.

C'est Ghislaine qui m'a raconté la suite. Je venais de m'évanouir, alors que Pierre se trouvait encore dans l'escalier. Ghislaine a saisi une batte de base-ball qui traînait là, souvenir de jeunesse de mon oncle, sans doute. Elle était prête à se battre s'il le fallait.

Pourtant, la confrontation n'a pas eu lieu. Mon oncle ne pouvait pas savoir que je m'étais évanouie. A-t-il eu peur d'avoir à affronter deux femmes au lieu d'une ? A-t-il subitement pensé que cette fois il allait trop loin, qu'il allait se laisser entraîner dans un engrenage de violence meurtrière qui ne le lâcherait plus ?

Toujours est-il qu'au lieu de continuer sa descente, il est remonté vivement et s'est enfui. Bernice l'a poursuivi de ses cris : « Pas toi, Pierre, pas toi ! Tu ne partiras pas ! Tu ne me laisseras pas !... »

Ghislaine n'a pas osé bouger du sous-sol. D'une part elle ne voulait pas m'y abandonner, d'autre part elle pensait avec raison que, Pierre s'étant enfui, plus personne ne pouvait venir nous nuire.

C'est au petit jour que la police est arrivée, avertie par mon oncle lui-même qui, après une longue errance dans la nuit, avait fini par se rendre au commissariat, dans un état d'épuisement nerveux complet, pour y confesser avant qu'on ne les étale au grand jour ses écrasants secrets de famille.

Je me suis réveillée sur la civière qui m'emportait de la maison. Après un bref passage à l'hôpital, on m'a installée dans un hôtel où Ghislaine m'a tenu compagnie jusqu'à l'arrivée de ma mère, dans la soirée.

Je n'ai pas revu ma grand-mère, qui n'a plus le droit de quitter sa chambre. Je ne pense pas que je la reverrai. Elle sera placée dans un hospice. Quant à mon grand-père, il a été enterré décemment avant notre retour à Calgary.

L'autopsie a révélé qu'il a été empoisonné, puis conservé comme une momie. Ma grand-mère n'a même pas pris la peine de nier. Les enquêteurs ont d'ailleurs retrouvé des traces de ce même poison dans le cadavre du chien. Bernice l'avait conservé précieusement, « au cas où... »

Puis ma mère m'a raconté ce que la police a bien voulu lui dire des confessions de Pierre.

— Mon pauvre frère, a-t-elle murmuré en secouant doucement la tête.

— Pauvre frère ! me suis-je écriée. Mais enfin, maman, sait-on seulement combien de personnes il a tuées !

— Je ne sais pas s'il est vraiment responsable des actes qu'il a commis. Ce sont les psychiatres qui décideront. Ce que je crois, pour ma part, c'est qu'il n'a été qu'un instrument entre les mains de sa mère (je note qu'elle n'a pas dit « *ma* mère »).

Pierre a toujours été faible, il n'a jamais su se défaire de l'emprise maternelle.

C'est cette emprise étouffante que j'ai voulu fuir lorsque je me suis mariée. Bernice ne l'a jamais digéré. Elle m'a maudite, insultée, m'a dit que plus jamais je ne mettrais les pieds chez elle.

— Et Grand-père ?

— Ton grand-père m'aimait beaucoup et il a été extrêmement malheureux de me voir partir, mais lui non plus n'avait guère de volonté. J'ai été très étonnée lorsque j'ai appris qu'il avait disparu sans plus donner de nouvelles, surtout à moi. Ce n'était pas son genre.

— Mais pourquoi l'avoir empoisonné ? Par vengeance ? Vengeance de quoi, d'ailleurs ?

— Après mon départ, Bernice a découvert que papa avait fait un testament très largement en ma faveur. Tous les avoirs de la famille venaient de lui, ils allaient donc lui échapper. C'est alors qu'elle a décidé de le faire « disparaître », de telle façon que sa mort réelle ne soit jamais déclarée. Ainsi, elle continuerait à jouir de sa fortune.

Elle avait réussi à faire peur à Pierre, à lui faire garder secret l'empoisonnement de son mari, puis à en faire son complice.

C'est lorsqu'elle est devenue invalide que les choses ont commencé à se détériorer. Pierre ne pouvait pas s'occuper seul de sa mère. Il n'a jamais rien su faire de lui-même. Il a donc recruté une nurse, que Bernice s'est acharnée à dégoûter. Elle ne voulait pas que Pierre, suivant mon exemple, finisse par s'en aller à son tour. Et l'irruption d'une femme dans la maison était pour elle un danger. Surtout avec la présence au sous-sol du cadavre de Marcelin.

Alors a commencé la valse des nurses, qui ne tenaient que quelques mois avant de partir. Et puis il y a eu Dorothée. Une jeune fille trop curieuse. Elle a fini par découvrir ce qu'on cachait au sous-sol et Pierre a dû la supprimer. Sur ordre de Bernice. La peur, toujours…

Mais c'est avec Ghislaine que tout a changé. En cette jeune femme droite et attentive, il a enfin trouvé quelqu'un qui l'écoutait, qui le considérait comme un individu et non pas comme un simple objet. Je crois même que Pierre en était sincèrement amoureux, ce qui l'a sans doute empêché de commettre un nouveau crime.

Quoi qu'il en soit, la rage de Bernice en a été décuplée. Elle a pensé qu'elle risquait vraiment de perdre son fils. Son orgueil en a été bafoué et sa rage lui a fait oublier toute prudence. Elle a accumulé les erreurs. Elle est allée jusqu'à empoisonner son propre chien, profitant de ta présence chez elle en tant que témoin pour accuser Ghislaine.

— C'est donc en partie pour m'utiliser qu'elle a accepté que je vienne chez elle ?

— Oui, et je ne m'en suis pas rendu compte. J'ai simplement pensé que ta visite allait mettre fin à des années de séparation et d'éloignement. J'ai été naïve.

— Tu ne pouvais pas savoir, maman.

— Non, sans doute. Mais j'ai une telle honte de ma famille, une telle honte de t'avoir envoyée là-bas. Je m'en voudrai toujours.

J'ai rassuré ma mère comme j'ai pu. Elle n'a pas à avoir honte. On ne choisit pas sa famille, on ne porte pas la responsabilité de ses tares. J'essaierai d'oublier. Même si je sais que ce n'est pas possible.

Je n'ai pas raconté tous ces détails à Zach, bien sûr. Je suis au moins d'accord avec lui sur ce point : les secrets de famille doivent rester des secrets.

Mais quand je l'ai informé, bien plus tard, que ma grand-mère allait être internée dans un établissement psychiatrique — ce qui lui évitait la prison, en plus des raisons de santé —, il a souri en biais et il a déclaré :

— Un asile de fous ! Mais elle n'est pas plus folle que toi et moi, Bérénice. Elle a habilement manœuvré, une fois de plus ! Je crois bien qu'elle vous a joué son dernier tour !

Devais-je m'attendre à autre chose de la part de Zach ?

TABLE DES MATIÈRES

1. L'odeur du passé 5
2. Une étrange maison 15
3. Première nuit 25
4. Marcelin 35
5. Bernice 45
6. «Ils les prennent bien jeunes, à présent» 55
7. La mort rôde 65
8. La lettre oubliée 75
9. Seule dans la maison 87
10. Bernice parle 99
11. Ghislaine 109
12. La clé 119
13. Dans la cave 129
14. Secrets de famille 139

Les titres de la collection Atout

1. *L'Or de la felouque***
Yves Thériault
2. *Les Initiés de la Pointe-aux-Cageux***
Paul de Grosbois
3. *Ookpik***
Louise-Michelle Sauriol
4. *Le Secret de La Bouline**
Marie-Andrée Dufresne
5. *Alcali***
Jo Bannatyne-Cugnet
6. *Adieu, bandits !**
Suzanne Sterzi
7. *Une photo dans la valise**
Josée Ouimet
8. *Un taxi pour Taxco***
Claire Saint-Onge
9. *Le Chatouille-Cœur**
Claudie Stanké
10. *L'Exil de Thourème***
Jean-Michel Lienhardt
11. *Bon anniversaire, Ben !**
Jean Little
12. *Lygaya**
Andrée-Paule Mignot
13. *Les Parallèles célestes***
Denis Côté
14. *Le Moulin de La Malemort**
Marie-Andrée Dufresne
15. *Lygaya à Québec**
Andrée-Paule Mignot
16. *Le Tunnel***
Claire Daignault
17. *L'Assassin impossible**
Laurent Chabin
18. *Secrets de guerre***
Jean-Michel Lienhardt
19. *Que le diable l'emporte !***
Contes réunis par Charlotte Guérette
20. *Piège à conviction***
Laurent Chabin
21. *La Ligne de trappe***
Michel Noël
22. *Le Moussaillon de la Grande-Hermine**
Josée Ouimet
23. *Joyeux Noël, Anna**
Jean Little
24. *Sang d'encre***
Laurent Chabin
25. *Fausse identité***
Norah McClintock
26. *Bonne Année, Grand Nez**
Karmen Prud'homme
27. *Journal d'un bon à rien***
Michel Noël
29. *Zone d'ombre***
Laurent Chabin
30. *Alexis d'Haïti***
Marie-Célie Agnant
31. *Jordan apprenti chevalier**
Maryse Rouy
32. *L'Orpheline de la maison Chevalier**
Josée Ouimet

33. ***La Bûche de Noël*****
Contes réunis par
Charlotte Guérette

34. ***Cadavre au sous-sol*****
Norah McClintock

36. ***Criquette est pris*****
Les Contes du
Grand-Père Sept-Heures
Marius Barbeau

37. ***L'Oiseau d'Eurémus*****
Les Contes du
Grand-Père Sept-Heures
Marius Barbeau

38. ***Morvette et Poisson d'or*****
Les Contes du
Grand-Père Sept-Heures
Marius Barbeau

39. ***Le Cœur sur la braise*****
Michel Noël

40. ***Série grise*****
Laurent Chabin

41. ***Nous reviendrons en Acadie !****
Andrée-Paule Mignot

42. ***La Revanche de Jordan****
Maryse Rouy

43. ***Le Secret de Marie-Victoire****
Josée Ouimet

44. ***Partie double*****
Laurent Chabin

45. ***Crime à Haverstock*****
Norah McClintock

47. ***Alexis, fils de Raphaël*****
Marie-Célie Agnant

49. ***La Treizième Carte****
Karmen Prud'homme

50. ***15, rue des Embuscades****
Claudie Stanké et
Daniel M. Vincent

51. ***Tiyi, princesse d'Égypte*****
Magda Tadros

52. ***La Valise du mort*****
Laurent Chabin

53. ***L'Enquête de Nesbitt*****
Jacinthe Gaulin

54. ***Le Carrousel pourpre*****
Frédérick Durand

55. ***Hiver indien*****
Michel Noël

57. ***La Malédiction*****
Sonia K. Laflamme

58. ***Vengeances*****
Laurent Chabin

59. ***Alex et les Cyberpirates*****
Michel Villeneuve

60. ***Jordan et la Forteresse assiégée*****
Maryse Rouy

61. ***Promenade nocturne sur un chemin renversé******
Frédérick Durand

63. ***La Conspiration du siècle******
Laurent Chabin

65. ***Estelle et moi****
Marcia Pilote

66. ***Alexandre le Grand et Sutifer*****
Magda Tadros

68. ***L'Empire couleur sang******
Denis Côté

71. ***L'Écrit qui tue*****
Laurent Chabin

72. ***La Chèvre de bois****
Maryse Rouy

73. *L'Homme de la toundra***
Michel Noël

75. *Le Diable et l'Istorlet***
Luc Pouliot

76. *Alidou, l'orpailleur***
Paul-Claude Delisle

77. *Secrets de famille***
Laurent Chabin

78. *Le Chevalier et la Sarrasine***
Daniel Mativat

79. *Au château de Sam Lord**
Josée Ouimet

80. *La Rivière disparue***
Brian Doyle

82. *Sémiramis la conquérante***
Magda Tadros

84. *L'Insolite Coureur des bois**
Maryse Rouy

85. *Au royaume de Thinarath***
Hervé Gagnon

87. *Fils de sorcière***
Hervé Gagnon

88. *Trente minutes de courage**
Josée Ouimet

89. *L'Intouchable aux yeux verts***
Camille Bouchard

91. *Le Fantôme du peuplier***
Cécile Gagnon

92. *Grand Nord : récits légendaires inuit***
Jacques Pasquet

93. *À couteaux tirés***
Norah McClintock

96. *Les aventures de Laura Berger***
1. *À la recherche du* Lucy-Jane
Anne Bernard Lenoir

98. *Un fleuve de sang***
Michel Villeneuve

100. *Les Crocodiles de Bangkok***
Camille Bouchard

102. *Le Triomphe de Jordan***
Maryse Rouy

103. *Amour, toujours amour !***
Louise-Michelle Sauriol

104. *Viggo le Viking***
Alexandre Carrière

105. *Le Petit Carnet rouge***
Josée Ouimet

106. *L'Architecte du pharaon*
1. *Un amour secret***
Magda Tadros

108. *Spécimens***
Hervé Gagnon

109. *La Chanson de Laurianne***
Denise Nadeau

110. *Amélia et les Papillons***
Martine Noël-Maw

111. *Les aventures de Laura Berger***
2. *La Nuit du Viking*
Anne Bernard Lenoir

112. *Tableau meurtrier**
Louise-Michelle Sauriol

113. *Pas l'ombre d'une trace***
Norah McClintock

114. *Complot au musée***
Hervé Gagnon

115. *L'Architecte du pharaon*
2. *La femme roi***
Magda Tadros

116. *Ma mère est Tutsi, mon père Hutu***
Pierre Roy

117. *Le Jeu de la mouche et du hasard***
Marjolaine Bouchard

118. *Délit de fuite***
Norah McClintock

119. *Les aventures de Laura Berger***
3. *Le Tombeau des dinosaures*
Anne Bernard Lenoir

120. *Monsieur John***
Guy Dessureault

121. *La Louve de mer***
1. *À feu et à sang*
Laurent Chabin

122. *Les Perles de Ludivine***
Martine Noël-Maw

123. *Mensonges et Vérité***
Norah McClintock

124. *Les aventures de Laura Berger***
4. *La Piste du lynx*
Anne Bernard Lenoir

125. *La Fille du bourreau**
Josée Ouimet

126. *Intra-muros***
Sonia K. Laflamme

127. *La Louve de mer***
2. *La République des forbans*
Laurent Chabin

128. *La Nuit des cent pas*
Josée Ouimet

129. *Un avion dans la nuit*
Maryse Rouy

130. *La Louve de mer***
3. *Les Enfants de la Louve*
Laurent Chabin

131. *Dernière chance***
Norah McClintock

132. *Mademoiselle Adèle**
Cécile Gagnon

133. *Les Trois Lames***
Laurent Chabin

134. *Amnesia***
Sonia K. Laflamme

135. *L'Énigme du canal**
Laurent Chabin

136. *Le Trésor de Zofia**
Mireille Villeneuve

137. *15 ans ferme***
Laurent Chabin

138. *Le Baiser du lion***
Élizabeth Turgeon

* Lecture facile ** Lecture intermédiaire *** Lecture difficile

Suivez-nous

Imprimé en avril 2013
sur les presses de l'imprimerie Gauvin
Gatineau, Québec